Todos os santos

Adriana Lisboa

Todos os santos

ALFAGUARA

Copyright © 2019 by Adriana Lisboa

Grafia atualizada segundo o Acordo Ortográfico da Língua Portuguesa de 1990, que entrou em vigor no Brasil em 2009.

Capa
Claudia Espínola de Carvalho

Imagem de capa
Concetto spaziale, Attese (1966), de Lucio Fontana, têmpera aguada, 61,2 x 50,2 cm.
© Lucio Fontana, AUTVIS, Brasil, 2019. Reprodução: © Christie's Images/ Bridgeman Images

Preparação
Fernanda Villa Nova

Revisão
Ana Maria Barbosa
Marise Leal

Os personagens e as situações desta obra são reais apenas no universo da ficção; não se referem a pessoas e fatos concretos, e não emitem opinião sobre eles

Dados Internacionais de Catalogação na Publicação (CIP)
(Câmara Brasileira do Livro, SP, Brasil)

Lisboa, Adriana
    Todos os santos / Adriana Lisboa. – 1ª ed. – Rio de Janeiro : Alfaguara, 2019.

    ISBN 978-85-5652-090-6

    1. Ficção brasileira I. Título.

19-27289   CDD-B869.3

Índice para catálogo sistemático:
1. Ficção : Literatura brasileira   B869.3
Cibele Maria Dias – Bibliotecária – CRB-8/9427

[2019]
Todos os direitos desta edição reservados à
EDITORA SCHWARCZ S.A.
Praça Floriano, 19, sala 3001 — Cinelândia
20031-050 — Rio de Janeiro — RJ
Telefone: (21) 3993-7510
www.companhiadasletras.com.br
www.blogdacompanhia.com.br
facebook.com/alfaguara.br
instagram.com/editora_alfaguara
twitter.com/alfaguara_br

às minhas amigas e aos meus amigos

Minha gratidão a Guilherme Willrich, da Universidade Estadual de Londrina, pela assessoria científica. E aos leitores das versões iniciais deste romance, pelos comentários e sugestões — sobretudo a Jordi Roca, na Agência Literária Mertin, e Marcelo Ferroni, na Companhia das Letras/Alfaguara.

*Agora sei estas coisas
de um modo que não me pertence,
como se as tivesse roubado.*
Manuel António Pina

As águas normalmente calmas da baía de Guanabara atraíram surfistas excitados com a perspectiva de ondas de seis metros de altura, ressaca no Rio de Janeiro. O mar engoliu as faixas de areia em muitas praias, e chegou a calçadas e pistas. Houve um momento em que uma onda mais forte explodiu ao nosso lado. Bem ao nosso lado. Instintivamente, recuei alguns passos. Ao olhar para você, André, vi que permanecia no mesmo lugar, e só o que fez foi fechar os olhos. Pescador pegou o veleiro e foi pescar no reino de Iemanjá.

No dia da chuva forte, o rio cresceu. Manawatū, o rio que você aprendeu a amar em pouco tempo, belo e triste, serpenteando por uns duzentos quilômetros até desembocar no mar da Tasmânia. Na terra do dia de amanhã. Na Terra da Longa Nuvem Branca.

No Rio de Janeiro de ressaca, um borrifo de mar nos seus braços. Nas suas pernas.

No dia em que o rio Manawatū inchou feito um bicho que estivesse engolindo a presa, você foi até a janela da casa, esta casa, aqui na rua Te Awe Awe. Apesar da chuva e do frio, forçou a tranca meio emperrada, abriu a vidraça. Deixou que o ruído intenso tomasse os seus ouvidos.

1

Como se você e eu tivéssemos sido trazidos até aqui pelas águas. Esse rio Manawatū nasce nas montanhas, não muito longe, e não é extenso. Ainda assim, é maior e mais antigo do que nós, e sua história nos ultrapassa em muito.

O que não terá testemunhado esse rio, André. Tem sua mitologia, da qual eu e você nunca fomos parte. Mas chegar aqui, ficar olhando para o movimento das suas águas e sentir o seu cheiro e respirar o ar impregnado com a sua umidade, tudo isso fez as vezes de aliança. Você não acha?

Manawatū. Quando digo que foi como se tivéssemos sido trazidos até aqui pelas águas, você sabe o que quero dizer. Estou sendo quase literal.

Um dia, no nosso país — esse que ficou para trás sem que tenhamos conseguido colocar outro no lugar —, o tempo era ainda de delicadeza. E era Dia de Todos os Santos.

Comum, aquele Dia de Todos os Santos. Um domingo da nossa infância. O sol tostando o Rio de Janeiro. A cidade se queixando do calor que começava, um bom estirão ainda pela frente até as águas do fim do verão. As pessoas em suas casas alongando os músculos, estalando as juntas, podendo se dar uns instantes de preguiça na cama, um pouco mais atentas ao pormenor do amor, à graça do café. Aproveitando um jornal sem pressa, um disco que se punha na vitrola, uma canção que surgia quase como que puxada de dentro do sono.

Lá em casa domingo era dia de feira. Dia de pegar a sacola de compras e ir escolher tomates, couve, aipim, abacaxi, laranjas, flores também, se possível. *Manga graúda no preço da miúda hoje!* Eu e

Mauro gostávamos de acompanhar nosso pai à feira. Ele nos deixava comprar um pacote de biscoitos de araruta. Levava duas grandes bolsas de palha, que voltavam pesadas.

E no entanto que rasteira aquele dia deu em todos nós, não foi, André? Hoje, quando olho para trás, mais de três décadas passadas, dá para ver que o bicho estava ali, nos nossos calcanhares. O bicho que dali por diante de vez em quando perigava nos alcançar e morder. Nunca estava distante demais, nem mesmo nos longos períodos em que acreditávamos tê-lo despistado.

Tem sempre um momento na vida em que esse bicho se revela, mais cedo ou mais tarde. É, e a gente tem que apertar o passo. Dizem que é assim que se começa a ficar adulto. Para nós três, foi naquele domingo.

Não quero dizer com isso, claro que não, que a gente seja escravo do próprio destino, André. Que a coisa toda já esteja traçada de antemão, que não tenhamos a opção de pegar a bifurcação à esquerda em vez de à direita, ou mesmo de virar as costas e voltar correndo pelo caminho em busca de bifurcações passadas, revê-las, reexaminá-las à luz de alguma coisa com que topamos depois. Refazer escolhas, com um pouco mais de sabedoria. Os passos da gente a gente é quem dá, você não acha?

Você não acha?

Mas o bicho nos calcanhares, esse não é opção nossa, esse bicho que sente o cheiro do medo, do suor, do sangue, e uma vez seu olfato atiçado acho que nunca mais desiste da perseguição. A gente tem a impressão de que despista, pode ser até que despiste, mas dali a pouco percebe que ele está de novo no nosso encalço. Que é parte da nossa história, que já é praticamente parte do nosso corpo também. A gente corre dele, mas ele é parte da corrida.

A tragédia que vivemos naquele domingo de Todos os Santos, André: como sacudir dos nossos passos as sombras daquilo? Eu, você, sua irmã, os pais da gente, do seu lado e do meu. Como imaginar que acabaríamos entrançados desse jeito, a ponto de em algum momento já mal sabermos o que pertencia a quem? Pior: quem pertence a quem?

Fizemos o que pudemos. Demos um jeito de reorganizar o sentido das coisas, de reencontrar um sentido para as coisas, de acomodar os nossos afetos. Décadas passadas, porém, estou aqui sozinha num dos lugares mais remotos do planeta, este lugar que era um projeto nosso, perguntando-me o que foi feito de você. Retornando ao nosso tempo compartilhado e aos nossos mundos compartilhados para ver em que momento teria sido possível efetivamente despistar o bicho. Em que momento teria sido possível segurar com mais força essas estruturas que fomos erguendo e nas quais acreditamos com tanta honestidade, por mais modestas que fossem. Abraçá-las e não deixar que ruíssem. Nossa vida juntos, nosso trabalho juntos, nossos projetos. As famílias que se reconfiguraram e o drama que trancaram do lado de fora, para que fosse bater noutra freguesia. A alegria que voltamos a abonar.

Não sei muito bem, André. Só sei da falta que você faz aqui neste lugar remoto e lindo, nesta vida que não sei como continuar.

Todo início de novembro a menina da nossa escola dava a festa de aniversário na piscina do clube, a família tinha dinheiro. Convidava os colegas de classe — tanto os que eram seus amigos quanto os que não eram. Mas todos tendíamos a nos considerar seus amigos, porque convinha. Às vezes até um irmão ou irmã caçula a reboque, desfrutar da diversão e da comida grátis — como foi o caso naquele ano.

A menina das festas de aniversário no clube exercia um fascínio aterrador sobre nós. Sua vida incluía detalhes que ficavam tortos na nossa imaginação por pura falta de referência.

Férias no estrangeiro, por exemplo. Como diabos eram aquelas férias, nos perguntávamos nas manhãs de praia no Leme a que se reduziam as nossas. Indagávamos avião e Disneyworld (diabo de palavra difícil de pronunciar, aquele *rld* que não cabia na nossa boca) aos nossos racionados picolés Concorde, às nossas bicicletas surradas.

Talvez estivéssemos pensando no abstrato dessas férias de contos de fadas, minha amiga Francine e eu, ao ver o homem naquela vez debaixo de uma passarela no Aterro do Flamengo. Ele puxou para baixo um short encardido e sacudiu o pênis inchado por baixo de um tufo de pelos muito pretos, numa daquelas frágeis tardes de férias no Rio de Janeiro. Eu e Francine, com quem eu andava de bicicleta nesse dia no Aterro, tivemos um ataque de riso, puro nervosismo. E o homem sacudindo o pênis por baixo do tufo de pelos pretos, exibindo-o para mim e para ela. E eu dizia Francine a gente não devia estar rindo. E continuávamos às gargalhadas enquanto pedalávamos com mais pressa, corações aos tropeços. E ainda olhamos para trás, veja você. E o homem continuava sacudindo o pênis.

Um tremendo prato no almoço de aniversário no clube, mais litros de guaraná. O prato era o mesmo para todos: um bife gordo, lambuzado de cebola, uma montanha de batata frita, outra montanha de arroz com aquele gosto delicioso de arroz de restaurante que nunca era igual ao do arroz feito em casa.

Não era para as crianças voltarem para a piscina logo depois do almoço, os adultos avisaram. Naturalmente, desafiamos. Aquilo de não poder entrar na água depois de comer soava a embuste. Manga com leite fazer mal, por exemplo: tinham explicado na escola que esse mito vinha dos tempos do Brasil colônia, quando as mangas abundavam mas o leite não, e os senhores de engenho não queriam os escravos bebendo leite à vontade. A advertência de que não se podia entrar na água logo depois de comer devia ter algum motivo igualmente escuso por trás. Desafiamos. Era a idade de começar a desafiar, para treinar os músculos, para saber até que ponto tínhamos condições de chegar sem levantar suspeitas.

Vi de longe sua irmã Isabel sentada na beira da piscina. Ela observava a água, os olhos perdidos lá dentro. Menina sempre tão calada, eu a achava um pouco estranha, para ser honesta. Ela não tinha entrado na piscina até então, só ficava na borda, de roupa e tudo. A gente se esbaldando a manhã inteira e ela do lado de fora sem se molhar. Calça comprida, imagine. Eu devia perguntar qualquer coisa?

Aproximei-me. Tinha acabado de comer e ainda estava obedecendo às ordens, embora pudesse ser rebelde em perfeito anonimato, se quisesse, já que a piscina do clube era grande e estava razoavelmente cheia (o uso não era exclusivo da aniversariante e de seus convidados). E a molecada já estava mesmo correndo ao redor da piscina, brincando de pique-pega, sei lá eu, você sabe que criança às vezes não tem como parar quieta.

Fui andando pela borda na direção de Isabel. Ela acompanhava com os olhos os meninos correndo ao redor da piscina. O cabelo preso num rabo de cavalo, a franja caindo em gomos sobre a testa suada. O rosto dela era rechonchudo, muito moreno, e estava afogueado com o sol e o calor. Os braços algo roliços saíam de uma camiseta que me dava a impressão de ser pequena demais para ela.

O reflexo do sol desenhava umas cobrinhas brancas na superfície da água, e suas sombras oscilavam no fundo azul. Não sei por que reparei nisso, mas tudo dançava. Era bonito de ver. Sabe quando a gente desloca um pouco a atenção, aumenta ou diminui o foco do que percebe normalmente, e é como se o mundo se apresentasse de outra maneira? A sensação é de que há vários mundos que coexistem e se interpenetram. E a gente vive naquele em que se acostuma a viver.

Trocamos um olhar, Isabel e eu. Podíamos ser duas estranhas num ônibus ou num elevador, e o olhar uma casualidade meio constrangida, dessas que a gente conserta depressa virando o rosto noutra direção. Mas fui me sentar ao seu lado e puxar assunto. E me parece que já estava tudo ali, naquele olhar inicial difícil de ler. Todos os anos futuros, que nos deram e nos roubaram tanto.

No meio do alvoroço que se seguiu (foi tudo tão depressa, tudo aconteceu tão de repente, céus!), você e ela ainda devem ter podido ver os adultos desperados, histéricos, tirando o corpinho mole do meu irmão de dentro da piscina. Aqueles braços e pernas magrelos que ele tinha. Em segundos, a piscina do clube se transformou numa confusão de gente, e eu não conseguia entender por que o Mauro estava daquele jeito.

Então não era um mito, e a pessoa podia morrer só por ter comido mais do que devia e depois entrado na água? Mas ele não estava na piscina, estava correndo pela borda, não estava? O que é que tinha acontecido? Eu não entendia. O Mauro pelo visto tinha desafiado em grande estilo as ordens dos adultos, ele, o nosso pequeno exímio nadador, que não podia ver nem uma poça d'água e já tinha vontade de se atirar dentro dela, desde pequenininho. Ali estava ele, igual a um boneco de pano, todo torto. Como se alguém tivesse desinflado o seu corpo, extraído o Mauro de dentro do Mauro. Ali estava ele, e ao mesmo tempo não estava. Em muitos momentos, depois daquele dia, senti uma raiva imensa, imensa. Dele, Mauro, é claro. Raiva dele. Quem mandou, caramba? Será que não dava para esperar um pouco antes de voltar a nadar? Será que não dava para se sentir mal, mas não desmaiar? Será que não dava para desmaiar, mas dar um jeito de alguém notar?

    Aprendi a falar desse assunto, como você sabe, André. Foi a duras penas. Aprendi a usar as palavras inteiras, que são as únicas que servem. É como se a dor fizesse a gente perder a cerimônia. A gente abre mão das frescuras, dos não me toques, das luvas de pelica. O vocabulário da dor vai direto ao assunto.

    Diversão e comida grátis num domingo comum no Rio de Janeiro. Dia de Todos os Santos. A cidade se queixando do calor que começava, um bom estirão ainda pela frente até as águas do fim do verão. Como foi o domingo de vocês dois, Isabel e você, a partir dali? A partir do momento em que nos separamos, em que descosemos uma da outra as nossas tragédias individuais e fomos endurecê-las em outra parte?

    Chegou a ambulância. Você e Isabel telefonaram da secretaria do clube para que Lia, sua mãe, fosse buscá-los. Os dois e mais um punhado de crianças assustadas, sem trocar uma palavra, telefonando para os pais e mães em busca de socorro. Faziam fila, subitamente disciplinados. Aquele acontecimento suspenso entre vocês como um grito ordenando que calassem a boca, feito os gritos que às vezes ouvíamos dos adultos e que depois ficavam ecoando desestruturados em nossos ouvidos.

    Você e Isabel caminharam de volta para casa em silêncio. Lia andava na frente, naquela época ela pintava o cabelo de louro e eu achava de um ridículo. Eu achava de um ridículo todas as mulheres que pintavam o cabelo de louro. O dela era bem curto. Tudo nela era curto: o cabelo, os shorts, as saias, os vestidos. Vocês passaram pela moça que vendia balas numa barraca.

Vai querer, crianças? Balinha?
Os dois fizeram que não com a cabeça. O inoportuno da oferta metia medo. Não tinham como ser fiéis aos seus instintos. Lia nem ouviu.

Você agarrado ao boneco Falcon que tinha ganhado recentemente, no Dia das Crianças, e levado para a festa no clube — um pequenino troféu de felicidade agora tão sem serventia. Você muito quieto, olhos imensos, a mãozinha suada o tempo todo dentro da mão de Isabel.

No nosso futuro você me faria uma narrativa bem pormenorizada dessa caminhada de volta para casa. As nossas tragédias individuais, pequenas e imensas, ficariam fermentando por tanto tempo, por tantos anos, até dar ponto.

Lia sentou-se na poltrona ao lado daquele telefone mostarda que vocês tinham na sala (por algum motivo me lembro tão bem dele, daquele telefone mostarda que acabou existindo em nossa vida por vários anos) e ficou esperando. As costas arqueadas. A testa franzida.

Uma das outras mães ligou, mais tarde. Lia disse meia dúzia de palavras curtas, desligou, levou as mãos às têmporas, fechou os olhos e deu um longo suspiro. Os termos técnicos ela não queria pronunciar na frente de vocês. Eram palavras de pesadelo. Foram palavras de pesadelo.

Mais tarde nos explicaram — mais tarde, quando já estávamos mais ou menos em condições de ouvir, e com as palavras apropriadas para as crianças que éramos — que o problema não estava em comer mais do que se devia e depois entrar na água. Isso era mito, mesmo, pelo menos em parte. O Mauro provavelmente tinha ido nadar, esse era o problema, e às vezes nesses casos a pessoa podia por exemplo sofrer um desmaio. Um desmaio dentro d'água? É, dentro d'água. Porque o corpo, entende, o corpo está precisando trabalhar para digerir aquela comida toda, e aí a pessoa vai fazer exercício, e não dá conta das duas coisas. E pode chegar menos oxigênio no cérebro, algum adulto me disse, algum primo de segundo grau que era médico, e pode acontecer de a pessoa desmaiar. Alguém relatou inclusive que os meninos estavam correndo pela borda da piscina (os adultos disseram que não era para entrar na piscina: ninguém proibiu corrida pela borda). Mas então ele entrou na piscina — digamos que estivesse correndo e em algum momento entrou na piscina: ninguém viu? Como foi que ninguém viu, ninguém estava olhando? Primo de segundo grau segurando a minha mão, apertando os lábios. Muita gente na piscina, ele deve ter passado mal e devem ter pensado que ele estava brincando, não é? Deve ter sido isso? Sabe quando criança brinca de boiar de barriga para baixo?

Dia seguinte, feriado de Finados, Lia normalmente os levava ao Cemitério do Caju, onde seu avô estava enterrado. Pegariam o ônibus bem cedo, na tentativa de driblar tanto quanto possível o trânsito e a aglomeração, mas mesmo assim você e sua irmã achavam que só podia haver qualquer coisa de penitência naquilo. Sua dívida para com os mortos, que nem sabiam haver contraído. Ano após ano pagavam uma cota.

Isabel temia aquele 2 de novembro, eu sei. Detestava visitar o cemitério. Todo ano, enquanto andavam por entre os túmulos, um calor endiabrado, o que mais a comovia era a solidão das ossadas debaixo de tanto cimento e pedra, a cidade trepidando completamente alheia ao redor. Queria pedir que quando morresse a pusessem em qualquer lugar, menos num cemitério, mas achava que Lia podia se ofender.

Por essa época, vocês três — você, Isabel e Lia — moravam naquele apartamento de dois quartos no bairro do Flamengo, que não cheguei a conhecer, a não ser pelas suas descrições. Seu pai, Cícero, morava no Maracanã, onde vocês batiam ponto de vez em quando. Cícero sempre um tanto quanto coadjuvante na sua história, nunca entendi muito bem por quê. Mas sempre tão gentil. Ele era enfermeiro e tinha uns horários meio loucos, me lembro. Plantões, essas coisas.

Vocês todos meio pendurados pelos dentes, como a minha família, sem um grão de Disneyworld ou coisas dessa ordem, a vida no Rio de Janeiro nos tributando mais e mais a cada ano que passava. O lema positivista da bandeira nacional rezava ordem e progresso, mas as duas coisas pareciam estar sempre em falta, de acordo com o mundo adulto ao nosso redor — Brasil, florão da América, iluminado ao sol do novo mundo: a letra impossível de decorar do nosso hino, nada fazia sentido para nós naquela letra enquanto balbuciávamos qualquer coisa, enfileirados, nas cerimônias cívicas da escola. E ainda por cima imenso, aquele hino, sempre tinha mais uma estrofe, e mais uma, e mais uma, saber de cor mesmo eu só sabia o comecinho.

Na minha casa, das despesas da família sobrava para uma sessão de cinema no Paissandu aos sábados, mas não muito mais do que isso. Nossa mãe levava, ela adorava cinema, de vez em quando contava que por muito pouco não tinha tentado carreira de atriz, e eu tinha a impressão de que para ela era sempre como se estivesse contando aquilo pela primeira vez, saboreando fantasiar a aventura que não tinha acontecido, mas saboreando também o agridoce perverso do fracasso. É uma espécie de trunfo, o fracasso, você não acha? Mauro e eu ganhávamos uma mesada que pagava uma ou outra novidade na papelaria do Seu Costa e as balas 7Belo na saída da escola (depois se difundiu aquela lenda de que os baleiros vendiam balas injetadas com cocaína para viciar a meninada, então começamos a comprar no mercado mesmo, o que não tinha nem de longe o mesmo charme).

Mauro estava com nove anos, eu com onze. Mesma idade sua e de Isabel, mesma diferença. No nosso apartamento um pouco menos modesto do que o de vocês, Mauro e eu tínhamos um quarto cada. A menina para um lado, o menino para o outro — diziam que era em nome da decência, meninas e meninos não devem dormir juntos quando começam a crescer, era o que diziam. Já você e Isabel dividiam o mesmo quarto, e no outro quarto Lia dormia o leve estigma que ainda cercava as mulheres divorciadas, pouco antes da derrocada geral de quase todos os casamentos ao nosso redor. O que a nós, particularmente, deixou como herança um não-vamos-nem-tentar (em geral, as separações eram feias) e uma tendência bem maior à, digamos, pluralidade.

Não eram tantas assim, àquela época: as famílias interrompidas, termo que minha mãe usou certa vez. Sem saber o que é que efetivamente interrompia uma família.

Na maior parte do tempo, eu gostava de ter Mauro por perto. Em muitos momentos havia a hostilidade normal entre irmãos, mas ele era mais um aliado do que qualquer outra coisa. Nós nos entrincheirávamos um contra o outro com maior frequência quando éramos ainda bem pequenos. Depois, reorganizamos nossos afetos. Redistribuímos nossos exércitos, como aquelas pecinhas coloridas do jogo de War. Aliás, na época em que meus pais se reuniam com os amigos para jogar War, às vezes meu pai pedia que eu fosse discretamente ver quais os objetivos dos outros jogadores. Eu passeava o meu cinismo entre as cadeiras dos convidados, espichava o olho e voltava para o colo dele cheia de informações confidenciais, como as espiãs soviéticas dos filmes. Houve uma vez, uma única, em que tive uma crise ética e perguntei a ele se não havia nada de errado naquilo. Olha, Vanessa, ele me disse, no amor e na guerra, minha filha, vale tudo.

Você pediu para dormir de luz acesa, na noite que se seguiu à festa de aniversário no clube. O quarto nunca ficava escuro demais por causa das luzes da rua, que entravam pelas frestas da veneziana e que a cortina não filtrava direito. Mas naquela noite você pediu a Isabel para deixar o abajur aceso.
Isabel, você disse, algum tempo depois que se deitaram.
O quê, André.
(Silêncio.)
Nada, você disse.
Fala, André.
Nada, não.
Isabel devia ter insistido. Mas ela se calou também.
O que teria mudado se vocês tivessem conversado naquela noite? Um pouco que fosse, mas conversado? E essa dança que existe desde então entre nós, em que passo estaria? Faríamos parte, de algum modo, da vida um do outro? Ou a essa altura já seríamos praticamente estranhos?
Palavras. Um punhado delas poderia ter sido suficiente. Não é tantas vezes assim, André? Um punhado de palavras é suficiente, tantas vezes. Para fazer, para desfazer. O improviso de meia dúzia delas e lá se vai a melodia noutra direção, o pianista mudou de tom, o baterista subdividiu os tempos.
Mas naquela noite, pensando bem, foi como se o tempo estivesse mesmo passando de outro jeito — é como eu imagino a cena. Você e Isabel deitados em suas camas sem dizer nada. O ventilador de teto

girando e abafando o ruído distante do tráfego, só o que vocês dois conseguiam ouvir era uma ou outra freada brusca de algum ônibus. De vez em quando um cachorro latindo em algum apartamento. Uma porta batendo. E o resto um silêncio encorpado, denso.

Sempre me pareceu estranha a intimidade entre os moradores de um prédio de muitos apartamentos, e de apartamentos pequenos, como era o de vocês naquela época (o da minha família não era muito maior, apesar do cômodo a mais). Em outros prédios onde nós dois moramos mais tarde e onde ouvíamos a música dos outros, o sexo dos outros, as brigas dos outros, talvez você de vez em quando se lembrasse daquela noite no quarto com Isabel, os dois sem saber onde colocar o seu espanto. Sem saber o que fazer com o tamanho assombroso do que acabavam de viver. Era como quando se sentavam na primeira fila de um cinema lotado e o filme ficava o tempo todo fugindo do seu campo de visão. Filme demais para espectadores tão pequenos.

Apesar disso, aparentemente tudo continuava acontecendo no ritmo de sempre, ao redor daquele quarto. As pessoas se sacudindo nos ônibus que dia e noite resfolegavam pelo Flamengo. Um cachorro bobo latindo ao ouvir uma campainha.

Dois naufrágios grandes naquele ano no Brasil. As águas levaram a vida de muita gente. O barco *Sobral Santos II* tinha naufragado no rio Amazonas, matando mais de trezentas pessoas, pouco mais de um mês antes. Em janeiro, o *Novo Amapá* matou cento e trinta, na foz do rio Cajari.

Eu me lembro de ter ficado pensando nisso ao voltar para casa naquele domingo. As pessoas morrendo afogadas em naufrágios, nos barcos, as imagens que eu tinha visto na televisão.

Olhei para um jornal de um ou dois dias antes, que estava em cima da mesa de centro. *Na próxima segunda-feira, Dia de Finados, não haverá expediente nas lojas e nos serviços de classificados do* Jornal do Brasil, eu li. Ou talvez não tenha lido. Hoje penso que poderia ter lido. Que poderia ter ficado durante um longo tempo lendo os classificados, ao pé da primeira página do jornal. Às vezes eu lia os classificados. *A EMPREGADA — todo serviço 3 pessoas. Cr$ 9.000,00*

Dorme. Só com ref. R. Prudente de Moraes 478 ap. 403. Ipanema. A COZINHEIRA FORNO-FOGÃO — Saiba ler, lava máq. Até 40 anos. Doc e ref. Folgas comb — 12 mil. Delfim Moreira 956/301.
Talvez eu tivesse lido uma notícia ou outra, sem entender muita coisa. Só para ter o que fazer com os olhos. Talvez: *O Palácio do Planalto deu conhecimento a alguns dirigentes do PDS de um relatório elaborado pelos organismos de informação e que demonstra que* — e eu continuasse pensando nos naufrágios e nos afogamentos. Pode ter acontecido assim.

Fiz um acidente, você disse a Lia, no dia seguinte — o primeiro feriado de Finados em que não foram levar flores para o seu avô no Caju.
Ironicamente, Isabel lamentou o descumprimento da rotina. Quem lhe dera estar num ônibus quente com você e sua mãe a caminho do cemitério quente, como faziam todos os anos, também naquele infeliz novembro. Quem lhe dera todos os anos fossem iguais a todos os anos.
Fiz um acidente.
Não faz mal, Lia disse. Acontece.
Lia tirou o lençol da sua cama, colocou na máquina de lavar junto com o pijama molhado, levou o colchão para pegar sol na área de serviço. Fazia já um tempo razoável que você não molhava a cama e não acordava com aquelas palavras de autocensura: fiz um acidente.
Você tinha aprendido com alguma professora a música do Palhaço Carequinha, aquela dos anos 1960, anterior ao nosso nascimento, que dizia *o bom menino não faz pipi na cama*. Vivia preocupado com aquelas exortações. *O bom menino não faz pipi na cama, o bom menino não faz malcriação, o bom menino vai sempre à escola, e na escola aprende sempre a lição.*
O Carequinha não era amigo de criança que roía unha. Você roía até o sabugo. E na escola nem sempre aprendia a lição.
Será se eu sou burro?, você perguntou a Isabel uma vez.
Será *que* eu sou burro, ela corrigiu.

Tantos e tantos anos para chegar até este rio Manawatū, do outro lado do mundo, no fim do mundo (ou no começo?), e considerá-lo nosso, André.

Março de 2013, faz quase quatro anos, um verão tranquilo, despretensioso, como costumam ser os verões aqui, entre uma Austrália e uma Antártida. Fomos caminhar junto à margem do Manawatū. Recém-chegados, estalando de novos, tomados pela empolgação das pesquisas que faríamos, caminhamos em silêncio por muito tempo. Você segurou a minha mão. Passamos pelo professor do Departamento de Música que conhecemos num almoço no campus lindo da Universidade de Massey. Acho que nunca tínhamos visto um campus tão lindo na vida. Um cumprimento, ele nos disse hello there. Observamos um cachorro saltando dentro do rio para perseguir os patos, embora nem o cachorro nem os patos levassem a sério a perseguição.

Já reparou como é quieto, aqui, Vanessa?, você comentou, em algum momento. Às vezes eu me pego quase sussurrando. Meio sem jeito de falar em voz alta.

É mesmo. Agora que você mencionou. Eu também.

Era a nossa primeira experiência nesse lugar. Íamos ao supermercado e falávamos baixo. Íamos ao café ao lado da biblioteca e falávamos baixo. Fazíamos amor à tarde e tapávamos a boca com o travesseiro. Ligávamos o rádio de manhã e tínhamos medo de incomodar a vizinha.

O Manawatū corria, aqui do lado de casa. Veloz, embora parecesse tranquilo. Belo. E por dentro, doente, dejetos das fazendas: pesticidas, fertilizantes, fezes e urina de animais. Glifosato.

Como a química com suas fórmulas disfarça as coisas, disfarça o potencial destruidor de algo com um nome indecifrável como glifosato. $C_3H_8NO_5P$. Letras, números, a coisa toda vedada aos leigos. Nome indecifrável que no entanto pode causar, entre outros danos, Alzheimer, déficit de atenção, câncer, colite, depressão, doenças renais crônicas, anencefalia nos bebês, autismo. Penso no jargão corporativo que em algum momento também experimentamos — recursos humanos em vez de gente. Quando foi mesmo que começamos a acatar isso?

O Manawatū em algum momento ia inchar feito um bicho que estivesse engolindo a presa. Num dos invernos que ainda estavam

guardados no nosso futuro. Ia derramar a sua água por cima das margens, violento, e alagar essa cidadezinha pacata, despretensiosa. Palmerston North: as pessoas nunca tinham ouvido falar. E em poucos meses já a estávamos tratando pelo apelido, como os locais: Palmy.
As águas do rio Manawatū. Doce, lindo, rumo ao mar da Tasmânia. Se quisessem subverter correntes e as normas que regem o mundo oceânico, essas mesmas águas poderiam contornar a Terra da Longa Nuvem Branca — Aotearoa, essa nossa Nova Zelândia — e, migrando pelo Pacífico Sul, transformar-se em Atlântico. Esbarrando na nossa baía de Guanabara e descrevendo uma barriga América acima, iam acabar no mar do Caribe, e então bastaria uma curva, um canal do Panamá, e as mesmas águas podiam ser devolvidas ao Pacífico, chover sobre as montanhas Ruahine e nascer de novo rio Manawatū.
Os pronomes possessivos. Já não tínhamos nada de nosso, ou quase nada, André. Essa a realidade. Quando dizíamos nosso, nossa, os pronomes possessivos já não envolviam posse, muito menos propriedade. Era mais, talvez, um compromisso. Quando dizíamos nosso, nossa, pensávamos na verdade em nós dois a nos franquear a esses lugares, e reivindicar em troca um ponto de contato e nada mais. Dizer nosso, nossa nada mais era que construir uma ponte, abrir uma porta.

Você gostava de ligar o rádio, quando chegamos aqui há alguns anos. Descobrir as estações locais e tentar entender o sotaque a que não estávamos acostumados. Pela manhã, ligava o rádio enquanto eu fazia o café. Sua estação preferida era a que intercalava notícias ao rock da época da nossa adolescência.
Sentávamos à esquina da mesa que pegamos emprestada com John, o velho pintor maōri que em pouco tempo se tornou um bom amigo e nos deu de presente os colares de jade e o belo quadro do pássaro. O quadro que ainda está na parede. Os colares de jade que ainda estão na gaveta da cômoda, no quarto (por que você não levou o seu?). A mesa que ainda está aqui na sala. Que tem manchas de tinta verde em alguns lugares. Você gostava das manchas de tinta verde. Você gostava dos móveis usados.

Fico pensando na vida que tiveram antes de nós, você me disse, uma vez. Fico sempre curioso. Como terá sido essa vida. Quem terá se debruçado sobre essa mesa.

Estávamos tomando café da manhã nesse dia. O pão que comprávamos na padaria francesa no centro de Palmy, aos domingos. Eu ouvia você falar e varria as migalhas de pão com a ponta dos dedos e formava um montinho.

Quantas migalhas de pão como essas, você disse. E o que será que as pessoas falaram ao redor dessa mesa, será que houve alguma discussão séria? Que bebidas derramaram nela, que papéis assinaram aqui. Será que teve gente que rompeu relações ao redor dessa mesa e nunca mais se viu?

John pintava em cima dela, antes, eu disse.

É, ele me contou. Você sabia que essa mesa foi o pai dele quem fez?

Os anos 1980 da nossa adolescência entravam na casa pelas ondas do rádio. A gente nunca se livra inteiramente da adolescência, a impressão que eu tenho.

Você não acha que o rádio está um pouco alto?, perguntei, preocupada com os vizinhos.

É. Talvez.

Diminuí o volume e apertei a prensa da cafeteira para espremer um pouco mais de café. Logo saímos para o trabalho, um trabalho temporário num lugar que nos agradava considerar definitivo.

Deve ser lindo, aí. Mas é tão longe!, diziam as pessoas, estacionadas no senso comum.

Um país lindo e longe. Mais não sabiam.

Não sabiam que o isolamento geográfico das ilhas não era um impeditivo para as aves que chegavam aqui após longos voos, vindas do hemisfério Norte, onde se reproduziam e para onde regressavam durante o inverno austral. Ano após ano, em escala considerável e envolvendo uma diversidade de espécies substancial.

Mas fosse como fosse, distância era justamente o que nós dois queríamos, por motivos não explicitamente compartilhados. Sempre dizíamos que queríamos ir morar num lugar muito remoto, muito distante, possivelmente com uma população escassa, embora não soubéssemos por quê.

Sabíamos por quê. Tínhamos ficado com o vício de sair correndo. Do que fosse. Do tempo, das nossas famílias, dos nossos lugares, de nós mesmos, daquilo que queríamos esquecer e daquilo que queríamos que se esquecesse de nós.

Intuíamos o bicho. O tal bicho nos calcanhares. Achamos, talvez, que podíamos despistá-lo com manobras geográficas radicais. Que ele ia se perder numa curva, num sobrevoo de alguma pequena ilha, numa quebrada de onda de um mar toldado.

Certa vez, ainda no Rio, muitos anos antes das nossas ilhas Antípodas, eu e você ouvimos na Lagoa um avô cantando para o neto a música do palhaço Carequinha. *O bom menino não faz pipi na cama.*

Essa musiquinha desgraçada me perseguia na infância, você disse.

Era de noite. As pessoas em suas noites de verão na Lagoa, normais como cigarras.

Musiquinha maldita, você disse.

O céu escuro e a silhueta mais escura das montanhas ao fundo. A trilha acesa dos prédios na outra margem, as luzes dos prédios sangrando para dentro d'água.

Meu pai esses dias me contou dos índios que moravam na região da Lagoa no século XVI, eu te disse. Contou que o governador e capitão-geral da capitania do Rio de Janeiro queria instalar um engenho de açúcar aqui. Como era mesmo o nome dele. António Salema. Antes precisava se livrar dos índios. Fez isso espalhando nas margens roupas contaminadas por varíola.

Meu pai, nosso tão querido Jonas, tinha uma sofisticação de conhecimento que nunca deixou de me surpreender. Não sei de onde ele tirava tudo aquilo, ou de onde tirava tempo para se dedicar a estudar tudo aquilo. E não tinha nada a ver com posição social: dinheiro nunca tivemos, e ele vinha de uma família muito humilde, do interior do estado. O pai capinava roça, o filho lia sobre engenhos de açúcar no Rio de Janeiro colonial. O filho lia sobre estrelas, sobre fósseis, sobre as leis da física. O pai colocava os latões no ponto do leite de manhã, o filho se interessava por ópera e espremia o salário de funcionário público para mandar todo mês, rigorosamente, um dinheiro para os seus, no interior do estado. Os avós que víamos vezes de menos e que nunca, nunca, vinham até o Rio de Janeiro: era outro mundo e não lhes interessava.

Eu gostava quando íamos até a Lagoa andar de pedalinho, quando éramos crianças e Jonas levava a mim e ao Mauro. Naquela época em que os pedalinhos não tinham formato de cisne e não eram decorados com lâmpadas de LED. Eram precários, a gente tinha a impressão de que a qualquer momento podia naufragar. Embora a Lagoa parecesse rasa demais para um afogamento, a água fedida e de aspecto podre já bastava para o nosso receio.

Musiquinha maldita, você repetiu. *O bom menino não faz pipi na cama.* Puta que pariu.

O Rio de Janeiro, disse Jonas uma vez, num dia particularmente amargo, o Rio de Janeiro é uma cidade que a gente ama mas que não corresponde.

A frase do meu pai me voltou à memória anos mais tarde, e tentei tirar dela um sentido. Tentei descobrir como éramos nós dois, o Rio de Janeiro e eu, nesse sentido, o do amor correspondido ou não.

A cidade era um dado na minha vida. Na nossa vida. Não nos perguntávamos se havia amor entre nós e nossos pais, entre nós e nossos irmãos. Verdade?

O Rio de Janeiro me roubou um irmão. Mas de todo modo, André, os flamboyants se incendiavam no verão, aquela exuberância capaz de deixar a pessoa meio tonta.

Você sabe, você também se lembra. As andorinhas em bando. As andorinhas antes faziam ninho nos buracos do muro de pedra daquela casa, na rua da minha infância. Uma vez vimos os meninos metendo um chumaço de jornal em chamas num dos buracos mais baixos. Meu pai estava na portaria do prédio, correu atrás deles feito um doido, descalçou o chinelo e saiu brandindo pela rua.

Sai todo mundo daí, se manda!

Os meninos correram em disparada. As chineladas teriam sido para valer. Jonas não ia se apiedar de meninos que punham fogo em ninhos de andorinhas.

Anos mais tarde, alguém tapou com cimento os buracos entre as pedras, o muro ficou horroroso e as andorinhas tiveram de fazer ninho em outro lugar. Talvez tenha sido melhor assim.

Eu e Mauro gostávamos de estudar o padrão das trilhas que as formigas faziam no parque. Teve a temporada em que víamos muito daquele inseto apelidado de Idi Amin devido ao estrago que causava. E ficávamos excitadíssimos quando, em certos fins de tarde de primavera e verão, os enxames de cupim formavam cortinas em volta dos postes de luz, na rua, e tínhamos que correr para fechar as janelas de casa (mas eles sempre davam um jeito de entrar, mesmo com as janelas fechadas) ou então apagar as luzes e desligar a tevê. E depois ficavam as asas soltas caídas dentro das luminárias.

O Rio tem isso, não tem, André? A mata e seus bichos tentando se insinuar pela civilização que atabalhoadamente empilhamos ali? Como se a cidade nunca se esquecesse por completo de uma essência sua. Se a gente deixar quieto por um tempo, acaba voltando tudo ao que era antes. Ao pré-António Salema e suas roupas com varíola, até.

Você e Isabel ficaram em casa naquele feriado de Finados. Lia foi sozinha ao velório do Mauro.

Vanessa, ela disse ao me ver, e me abraçou.

Surpreendeu-me que soubesse o meu nome. Eu não sabia o dela. Reconheci nela a provável mãe de alguma colega de escola, sem ter certeza. Nem amigas Isabel e eu éramos, embora estivéssemos no mesmo ano letivo. Eram turmas diferentes. E você, acho que eu nunca tinha sequer botado os olhos em você, era só um moleque mais novo, e todos os moleques mais novos se pareciam, eram todos versões de uma mesma coisa, uniformemente chatinhos.

Lia foi cumprimentar meus pais. Jonas, Teresinha, eu a ouvi dizendo. Meus pais eram dois pares de olhos vidrados, não muito mais do que isso. Uma calma estranhíssima, dopada, a deles.

Ninguém tinha ideia, ainda, de como os eventos da véspera seriam uma das dobradiças fundamentais da nossa vida, um daqueles momentos-chave que marcam a fronteira entre um antes e um depois irreconciliáveis. A história do bicho nos calcanhares, André. Por ora, tratava-se de deixar passar as horas, ver chegar o dia seguinte, de continuar deixando passar as horas, esperando que o velho clichê do tempo e dos processos de cicatrização funcionasse mais uma vez. Afinal, é para isso que servem os clichês, não? Quando não dá para improvisar, a pessoa sempre pode recorrer a eles e se sentir mais ou menos amparada.

A minha experiência daquele velório, por outro lado, foi a do negativo de um clichê. Do seu extremo oposto. Eu estava ali e não estava. Nada batia com nada, aquilo era um espaço-tempo fora do espaço e do tempo, não era um lugar, não era um dia. Não era nada e era tudo. E era preto e branco e era um amontoado de cores fluorescentes chicoteando o meu olho. As pessoas me pareciam espectros. Mas também me pareciam estupidamente sólidas, densas, corpos de cimento. Eu não entendia os soluços, não entendia os silêncios, os sorrisos, as palavras. Nem entendia como era possível eu estender a mão e tocar um ex-Mauro, um corpo de Mauro sem Mauro, um amontoado de carne dura e fria que antes se mexia e falava e era meu irmão.

Mas entendi — e não sei como, porque ninguém me explicou — que o jeito que eu teria para lidar com aquilo era receber tudo sem filtro. Era deixar que aquela irrealidade/hiper-realidade me atravessasse como quisesse, o quanto quisesse. Se nada daquilo fazia sentido, eu não ia meter um sentido em nada daquilo. Eu ia ficar boiando no sem sentido até que um de nós dois se cansasse.

Enquanto Lia estava no velório, sua vizinha Ágata foi fazer companhia a você e Isabel. Ágata às vezes ficava com vocês quando sua mãe saía.

Vocês dois tão novinhos, ela disse. Tão novinhos ainda, metidos no meio de uma tragédia como essa.

E estalou a língua, condoída.

Abraçou-os. Lembra quando você me contou desse dia? Você e Isabel não gostavam muito quando Ágata os abraçava por causa do perfume forte que ela usava. Os peitões se comprimiam de encontro aos seus corpos.

E você com aquilo na cabeça. *O bom menino não faz pipi na cama*. Fiz um acidente.

Mas Deus dá o frio conforme o cobertor, ela disse, enquanto se sentava e se punha a embaralhar as cartas para um jogo de pôquer, o favorito dos momentos que passavam juntos.

Ágata. Nome fabuloso, não? Nome de pedra preciosa. Você me falou muito dela mais tarde, aquela mulher que evaporou da vida de vocês quando deixaram de ser vizinhos, mas que naqueles tempos era como uma tia querida, poucos anos mais velha do que Lia. Que, aliás, dizia que Ágata era boazinha, mas que era macumbeira. Você e Isabel não deviam dar ouvidos a certas coisas que ela dizia. Como naquela outra ocasião em que tinha afirmado categoricamente que Isabel era filha de Oxum e Oxóssi.

Naquela segunda-feira, durante o jogo de pôquer, por um momento Ágata se pôs a olhar demoradamente para você e depois decretou que era filho de Iemanjá.

Não sei como não notei isso antes, disse.

E ensinou a vocês dois a oração. Fazei, Senhora Rainha das Águas, com que a espuma das ondas, em sua alvura imaculada, traga-nos a presença de Oxalá.

Você e Isabel acharam bonito. Sabiam que era preciso não revelar nada à sua mãe — sobretudo não revelar que tinham achado bonito, e que Oxalá e Jesus Cristo, segundo a explicação de Ágata, eram a mesma pessoa.

O governador do planeta Terra, ela informou.

Naquela noite, antes de dormir, você e Isabel repetiram a oração em segredo. Fazei, Senhora Rainha das Águas, com que a espuma das ondas, em sua alvura imaculada, traga-nos a presença de Oxalá. E durante semanas se mantiveram firmes, repetindo-a toda noite.

No final da oração, você sempre se lembrava do Mauro, dizia uma frase ou duas. Pedia que Iemanjá cuidasse dele, fosse onde fosse que ele estivesse. No lugar indefinível onde os mortos iam parar. Com sorte, não haveria professoras cantando a música do palhaço Carequinha por lá.

Será que ela ouve mesmo?, você perguntou a Isabel.

Isabel deu de ombros. Não sei, mas se não ouvisse não tinha tanta gente pedindo.

Mas como é que a pessoa pode ter certeza?

Não pode. A pessoa tem que acreditar, só isso. Já ouviu falar em fé?

Você fez que sim. Não sabia se sabia exatamente o que era, mas já tinha ouvido falar.

Então. É isso, Isabel disse. Tem gente que oferece coisas, acende vela.

Para garantir?

Sei lá, André. Deve ser.

Você então prometeu a Iemanjá que, em troca dos favores dela, para que cuidasse do Mauro — onde quer que ele estivesse —, ia dar o boneco Falcon de presente ao menino pobre que ficava sempre com a família ali pelo largo do Machado.

Você não devia ter prometido isso, Isabel disse.

Noutros tempos ela teria, sádica, sublinhado que quando a pessoa prometia alguma coisa, tinha que cumprir. Dessa vez, queria que você desprometesse. Iemanjá certamente não ia fazer ou deixar de fazer nada por causa de um boneco Falcon com seus músculos encaroçados e a cicatriz na face direita, marca indelelével de hombridade.

Mas você não disse mais nada. Virou-se de costas para ela e puxou o lençol até a altura do peito, apesar do calor.

Suas camas ficavam lado a lado, separadas por uma mesa de cabeceira comum. Imagino que Isabel pudesse ver, na penumbra, os seus ombros nus e magrelos por cima da beirada do lençol. O formato dos seus ossos pontudos. Seu cabelo preto. E decerto ela suspeitava quais eram os seus pensamentos.

No dia seguinte, você botou o Falcon na mochila da escola, junto dos cadernos sempre tão bem cuidados e do estojo de lápis de cor sempre apontados. Lia nem notou.

No caminho, vocês passaram pela família que frequentemente viam no largo do Machado. Eles moravam na rua e tinham um carrinho de supermercado onde guardavam roupas e cobertas. Tinham também um gato preto que ficava amarrado pelo pescoço por uma corda.

Você chegou perto do menino, abriu a mochila, tirou o Falcon e entregou a ele. O menino apanhou o brinquedo sem dizer nada. Olhou para você, para Isabel. Negócio fechado, não havia o que explicar, o que entender. O menino virou as costas e foi correndo mostrar o boneco aos irmãos.

Você fechou a mochila, botou outra vez nas costas, enfiou as mãos nos bolsos e foi caminhando de olhos baixos até o portão da escola. Nunca mais tocou naquele assunto. Vocês também não voltaram a repetir a oração para Iemanjá antes de dormir.

2

Como você sabe, Jonas ficou preso por um fiapinho de nada. Meu pai, aquele ser tão invulgar, aquele homem ao mesmo tempo erudito e desafetado, frugal. Ele é um pobre de Cristo e o rei da cocada preta, minha mãe disse uma vez. Mas o comentário não era benevolente — ao contrário. Fazia tempos, eu acho, que ela sentia já ter tido sua cota de ambos. Do operário e da ópera, por assim dizer (desculpe o trocadilho, você sabe que eu detesto trocadilhos). Jonas vivia com uma simplicidade exterior incômoda, porque fazia as outras pessoas se sentirem excessivas. Se ele nunca precisava de nada, por que é que a gente precisava? Ao mesmo tempo, tinha um refinamento interior — espiritual, eu diria, alargando o conceito — igualmente incômodo, porque as outras pessoas sempre ficavam medíocres em comparação. Mas o que eu via, com uma clareza que talvez estivesse reservada ao olhar benevolente dos filhos, era que esses julgamentos não eram tecidos por ele. Jonas só estava ali levando a vida ao seu modo, inofensivo. Eu não me importava, nunca me importei. Sempre o amei com dedicação. Mas uma companheira não tem as mesmas prerrogativas nem as mesmas experiências de uma filha. Esta vida, que marasmo, Teresinha dizia, e eu também a amava com dedicação e com benevolência filial, amava minha mãe quase atriz, que eu sabia ser inquieta feito uma pulga, e que não sossegava nem queria sossegar porque não era seu aquele ideal de vida: pausa, vagar, uma tarde de domingo com o barroco francês esvoaçando pela casa, uma ópera de Rameau, e puta merda, essa cidade gorda de eventos lá fora, esse século XX, isso serve mesmo para quê?

Acho que na opinião de Teresinha, Jonas era velho, velho por dentro, contrariando a data de nascimento oficial dos documentos. E ele era mesmo. E era feliz daquele jeito. Pensando nisso agora, eu me dou conta (e acho curioso) de que não tenho memória do meu pai com os cabelos escuros. Para mim ele sempre teve cabelos grisalhos. Vejo fotos dele jovem comigo, quando eu era criança, e estranho.

Mas talvez por isso, por essa sobriedade, Jonas tivesse preservado alguma coisa que ainda o grudava num resto de equilíbrio, um resto de sanidade, apesar de tudo, depois daquele domingo de festa no clube. Já Teresinha abriu as comportas para valer, e a sombra tomou conta. Para ela, não foi possível de outro modo.

Por fim, com aquela morte, me pareceu, entendia-se que também morria o casamento deles. Jonas e Teresinha: tão tristes que estavam, tão tristes, de uma tristeza contagiosa. Mas aquela era outra morte mais lenta, e vinha de antes — o casamento já tropeçando nas barras das próprias calças, meio zonzo de rancor e monotonia, meio zonzo de clichês, doutor em todos eles. Ou então vinha tudo de roldão mesmo, o apoteótico fim de uma era, a família desfeita que minha mãe tanto discriminava e temia. Pá de cal por cima (e de que adianta afinal de contas você sacrificar uma carreira no teatro, no cinema?).

Imediatamente após aquele Dia de Todos os Santos, eu, Jonas e Teresinha ainda nos aferramos uns aos outros, como três bichos, três cachorros de rua numa noite fria buscando calor no contato dos corpos. Mauro não estar mais entre nós era a liga que nos reunia, e intensamente, mesmo que às avessas. Mas tudo foi logo se descolando outra vez. Teresinha precisou de cuidados que Jonas não tinha como dar naquele momento e anunciou a casa dos meus avós no Recife.

Era natural que eu fosse com ela, acho. Não sei, a história de os filhos ficarem com as mães nesses casos — no evento de uma separação, quero dizer. A verdade é que eu me entendia melhor com Jonas, ele e eu tínhamos já então andorinhas em comum. Mas acabei me mudando para o Recife com minha mãe.

A mudança foi num fim de ano confuso, um mês de dezembro, naquele mesmo ano, em que nada parecia estar efetivamente recomeçando, em que tudo parecia ser só escombro e ruína e nem mato crescia por cima. Havia gente fazendo compras de Natal por toda parte, apesar da crise. O Rio fervilhando de calor e confusão e engarrafamentos e um Papai Noel suando em cada ponto estratégico de vendas do que quer que fosse, *tevê Sanyo color deluxe vinte polegadas ho ho ho.*

Era talvez natural, de todo modo, que eu fosse com Teresinha, ela parecia precisar mais de mim do que Jonas, que apesar de destroçado ainda tinha aquele seu fiapinho de nada. Um ponto de contato com a sanidade. Havia algo entre mim e minha mãe, uma solidariedade de corpos que sangram, seria isso?, e doía no meu próprio útero o vazio descomunal que ela sentia com a perda daquele filho, aquele menino de nove anos que ela por nove meses tinha carregado ali dentro. Eu intuía aquilo. Aquele vazio excruciante.

Meus avós maternos tinham um pequeno sítio não longe do Recife. Uma vez, anos antes, durante umas férias, eu tinha visto uns homens arrastando um bezerro morto pela estrada de terra. A vaca vinha atrás. Acho que nunca tinha testemunhado dor de verdade até aquele dia. A vaca vinha atrás, e gritava, e metia o focinho no corpo do seu bezerro que os homens arrastavam nem sei para onde, e ela metia a pata da frente no corpo do bezerro para tomá-lo dos dois homens, para guardá-lo, aquele corpo que era parte do seu. Que lhe pertencia.

Ainda que Jonas desse a impressão de que era difícil se manter de pé, de modo geral não demonstrava muito, não era de arroubos. Não teve que ser maciçamente medicado como Teresinha. Sentava-se num canto do sofá da sala, punha uma ópera na vitrola, uma mulher gorgolejava ridículo em alguma língua estrangeira, ele esquecia os olhos num taco do chão ou numa irregularidade na parede e ficava ali, quieto.

Pai (nos primeiros dias).
Ele não respondia.
Pai.
Ele virava a cara, sobressaltado.
Mm?
Podemos jantar?
Ah, claro.

Mas ele demorava a se levantar, como se tivesse esquecido o diálogo que acabávamos de ter.
Pai.
Sim, Vanessa. O jantar. Vamos lá. Teresinha está dormindo?

Ele perguntava pela minha mãe, mas já sabia a resposta; sim, Teresinha estava dormindo, Teresinha agora passava as noites e os dias dormindo. E quando ela acordava e eu a via chorar, perguntava-me se algum dia aquele choro teria fim. Porque parecia vir de algum lugar novo, alguma fonte até então inexplorada, que uma vez aberta talvez passasse a jorrar dentro dela para sempre. Notei que sua pele estava baça. O que antes era aquele marrom-escuro meio azeitonado e tão vivo agora estava opaco, parecia que luz nenhuma conseguia mais se refletir ali.

Jonas então se levantava do canto do sofá como se ter fome e jantar fossem coisas um tanto inusitadas. E como se, ademais, uma não tivesse nada a ver com a outra.

Ut luceat omnibus, logo aprendi na nova escola, era o lema da cidade do Recife. *Que a luz brilhe para todos.* Quando eu e Teresinha nos mudamos para a casa dos meus avós (Recife, a Florença dos Trópicos, mas também a Capital dos Naufrágios, veja você), a novidade ajudava. Uma nova cama para dormir. Uma nova escola. Mas o principal: não era preciso ficar esbarrando em gente cuja expressão implacavelmente piedosa dissesse Mauro Mauro Mauro o tempo todo.

Não que o plano fosse esquecê-lo. Como esquecê-lo? O plano era, simplesmente, arranjar uma forma de viver sem ele. O que parecia impossível, no início, mas teria de ser feito. *Que a luz brilhe para todos.*

Você lembra como eu e você estalávamos de curiosidade, de interesse, quando chegamos aqui, nessas ilhas na Oceania, há quase quatro anos? Vínhamos sedentos de informação. Como nos fascinavam a perspectiva do trabalho, as nossas aves, o nosso novo lugar, André. Queríamos saber. Fuçávamos intermináveis corredores de bibliotecas e nos arriscávamos no lado britânico da direção do carro que compramos já bem usado. Acidentes, quase, duas vezes, você deve se lembrar. Nós dois literalmente na contramão.

O nosso rio: cento e sessenta quilômetros de extensão desde a nascente, na encosta oriental das montanhas Ruahine. O nome do rio descobrimos remontar a um antigo explorador maōri, Haunui-a-Nanaia.

A lenda: à procura da esposa, que o havia abandonado por um amante, Haunui foi costeando a ilha Norte até chegar à ampla foz de um rio que temia não ter como cruzar. *Ka tū taku manawa*, ele disse: meu coração para.

Nosso trabalho seria justamente aí, no estuário do Manawatū, junto ao vilarejo de Foxton. As aves.

Nosso principal objeto de pesquisa: o fuselo, *Limosa lapponica baueri*, *kuaka* seu nome maōri, *bar-tailed godwit* em inglês. A ave migratória que nos fascinou pela sua capacidade de resistência aos longos voos. O registro de uma ave monitorada por satélite, uma fêmea, voando uma distância de 11 690 quilômetros desde o Alasca, sua área de reprodução, até a Nova Zelândia em nove dias. Sobrevoando o Pacífico sem parar para dormir, alimentar-se ou descansar. Um sensor magnético para se orientar. Esforço físico sem paralelo em qualquer outro vertebrado.

A *baueri* que realizou esse voo notável — a fêmea E7 — completou, no total, um circuito de vinte e nove mil quilômetros. O voo de regresso ao Alasca incluiu uma parada na China. Essa seria a nossa pesquisa: capturar indivíduos (fêmeas, substancialmente maiores do que os machos) em fase preparatória à migração, anestesiá-los e implantar neles transmissores GPS, a fim de melhor entender os voos rumo ao norte, que incluíam necessariamente uma parada na costa da Ásia oriental. Nessa região, a presença humana comprometia cada vez mais a viagem do *kuaka*.

O estuário do Manawatū recebia algumas centenas dessas aves, que ficavam por ali entre setembro e maio, antes de rumar de volta ao verão ártico. Manawatū: fomos caçar no mapa, quando começamos a considerar a mudança. Seria longe o suficiente? Protegido o suficiente? Ou, antes: protetor o suficiente? O estuário do rio que recebia aves migratórias.

Diz outra lenda maōri que, há mais de mil anos, polinésios embarcaram em suas canoas em busca de uma suposta terra mais ao sul, guiando-se pelo voo do *kuaka*, que observavam ano após ano, e que supunham conhecer essa terra. Viram por fim uma nuvem no horizonte, uma longa nuvem branca, que se estendia por quilômetros. Devia existir uma terra debaixo daquela nuvem.

Então o *kuaka* marcava um início. O início de uma história, Aotearoa, a Terra da Longa Nuvem Branca. Nova Zelândia. Para mim e para você: traria enfim um sul semelhante?

Mandem cartões-postais, meu pai pediu.

Jonas, o homem das longas histórias e dos discos de ópera, tinha sido o primeiro a vencer o escândalo. De quando eu e você, lá atrás, ainda estudantes, avisamos que íamos viver juntos. Dividir um apartamento? Sim, mas não exatamente como a princípio todos acharam que seria. Íamos dividir um apartamento perto da universidade, em Vitória de Santo Antão, Pernambuco, onde ambos fazíamos graduação em ciências biológicas, mas além disso íamos dividir uma cama e fazer sexo em cima dela. E fazer sexo também no chuveiro, no sofá da sala e debruçados sobre a mesa. Se alguém quisesse fantasiar esses detalhes.

Décadas depois, Jonas ainda colecionava cartões-postais. Uma caixa cheia. Metê-lo num avião e trazê-lo para a Oceania de visita era demasiado para o seu bolso e para a sua alma — ele nunca havia botado os pés num avião, como você sabe. Pássaros só mesmo os de pena e pluma.

Foi dele que herdamos o nosso amor? Será que começou em mim, ao observar aquele homem empunhando um chinelo em defesa das andorinhas no Rio de Janeiro, e depois chegou a você por contágio, naquele primeiro momento em que passamos a compartilhar quase tudo?

Defender andorinhas no Rio de Janeiro, cidade de tantos estados de sítio. Pensando nisso hoje, com outras crises estampadas nos jornais, com tantas crises de que as manchetes não dão conta — você sempre soube, melhor do que eu, do limite constrangedor das palavras —, penso em Jonas empunhando um chinelo em defesa de algumas famílias de andorinhas num muro da nossa cidade natal.

Seria a modéstia a senha para deflagar a próxima e mais necessária revolução, André? Ou digo isso somente porque vim parar num recanto escondido e protegido do mundo (isto é, antes da colonização final dessas ilhas meridionais, que ao que tudo indica será feita pelos bilionários do Vale do Silício)?

Você haveria de me corrigir, dizer que não existe isso de recanto escondido e protegido do mundo.

Olhe ao redor, Vanessa. Nova Zelândia, o maior índice de suicídio na adolescência entre os países desenvolvidos, por causa da pobreza, da violência doméstica, da intimidação na escola (dizem que a cultura do rúgbi e seu ideal de macheza truculenta não ajudam). É só que nós dois ocupamos uma zona segura aqui, só isso, você diria. É só que nós dois não somos adolescentes, não temos filhos adolescentes, viemos de outro país, somos biólogos e passamos o tempo em praias metidos com aves, ou então discutindo estatísticas com outros biólogos por aí.

Vivemos numa tangente, você haveria de me dizer. Você, André: os pingos sempre nos is. Os pingos quase sempre nos is.

Enviamos a Jonas cartões-postais de aves daqui. Encontramos alguns antigos, lindos, num brechó aqui perto de casa. Sobre a mesa de jantar com os respingos de tinta verde, nesta nossa casa aqui na rua Te Awe Awe, escrevemos saudades, assinamos em conjunto, colamos o selo requerido.

O restante da família não requeria cartões-postais — acho até que não teria visto sentido algum neles. Tínhamos conversas esporádicas, cobrindo quinze horas de diferença de fusos horários, a webcam de um lado e do outro, rostos e vozes viajando no tempo sobre o Pacífico e a América do Sul até a costa do Atlântico.

Os afetos tão insolitamente reorganizados, o escândalo dos nossos primeiros anos já metido de qualquer jeito dentro de uma normalidade que acabaram acatando, ou mais ou menos acatando, acatando pelo menos na aparência, e não exigíamos mais do que isso. Verdade que sua mãe nunca pareceu abandonar, ao longo do tempo, o ressaibo de incômodo que sentia por estarmos juntos, eu e você. E que sentíamos em sua voz, em sua atitude. Mas que tampouco chegava a nos incomodar de verdade, tão raro era estarmos todos reunidos.

Sua irmã Isabel, claro, era um caso à parte. Isabel, a estranha que tinha se tornado, finda a nossa adolescência.

É que ela ainda é louca por você.

Ah, pelo amor de Deus, André, eu respondi.

Pelo amor de Deus, André?

Foi logo no começo da nossa vida juntos, naquele primeiro apartamento que compartilhamos, que você fez esse comentário. Achei bobo, e ficamos por isso mesmo. E por isso mesmo podíamos ter permanecido para sempre, com as nossas aves, com as nossas águas, com a nossa vida que nos convinha assim: magra, fácil de empacotar e ir encenar em outra parte, sendo o caso.

O pouco que possuíamos, nossos móveis emprestados ou de segunda mão. Nosso desembocar nas ilhas Antípodas, finalmente. Nosso eventual carro velho que se safou dos dois quase acidentes nas estradas neozelandesas até que ficássemos mais destros no jeito espelhado de conduzir. E passássemos a não nos incomodar quando o carro de trás vinha colado no nosso (tem um kiwi na minha bunda, dizíamos) pelas rodovias tão cheias de curvas.

Bastaria esse silêncio, todo esse espaço vazio? A neblina de manhã cedo, acompanhando o rio? Essa luz? *You're invisible now, you've got no secrets to conceal*, cantava um dos nossos heróis, Bob Dylan. Invisíveis. Nenhum segredo a ocultar.

Era o que parecia.

Uma vez, numa de nossas viagens pelas estradas de Te Ika-a--Māui, a ilha Norte, você me contou uma história da sua infância. Você sempre foi de falar pouco, mas sempre teve também aquelas histórias, que eu vivia como se fossem minhas. Que eu sentia com os seus sentidos.

Você tinha cinco anos de idade, talvez seis. O carrossel no parquinho. Não havia outras crianças. Era um dia chuvoso, frio, feio. Lembra de quando você me contou essa história, André? Verdade que você já não saiba se o dia era mesmo chuvoso, frio e feio ou se tinha ficado assim na sua lembrança.

Mas o passado é variável, você ressaltou. Bambo, não depende da memória, Vanessa. As coisas mudam quando a gente se lembra delas. Às vezes eu acho que seria melhor mesmo não remexer em nada.

Fiquei esperando que você continuasse.

Vamos parar para tomar um café?, você sugeriu. Naquele lugar em Taihape?

Havia, aparentemente, um preâmbulo à história do carrossel no parquinho, no dia supostamente chuvoso e frio da sua infância.

Você me falou primeiro de uma conversa que tinha tido, já adulto, com seu pai.

Seu pai, Cícero, o enfermeiro dos horários esdrúxulos que também amávamos visitar em seu apartamento minúsculo mas tão acolhedor no Maracanã, sempre que estávamos no Rio. Cícero morava com o amigo gringo, eu me lembro bem de que lá atrás dizíamos assim, o amigo gringo, muito embora soubéssemos, todos soubéssemos, que o amigo gringo (também enfermeiro, também com uns horários esdrúxulos) era o companheiro dele, seu amante, seu namorado. Atendia pelo nome de Edmond, que ele próprio já tinha aprendido a pronunciar inserindo vogais, trocando sílaba tônica e transformando em Edmundo. O apartamento de Cícero e seu amigo gringo tinha samambaias na varandinha em que mal cabiam duas pessoas em pé. Fomos vê-los juntos vezes de menos, mas em todas elas Cícero e Edmond eram só sorrisos e cervejas geladas direto do congelador para o nosso copo. Quando chegávamos, Cícero ligava o ar-condicionado que em geral permanecia mudo, com medo da conta de luz no fim do mês. Eu me lembro de ver os uniformes dos dois secando no varal, na área de serviço, conjuntos azuis e verdes, uma cor para cada hospital.

Era sobre um artigo que Cícero tinha acabado de ler no jornal a conversa da qual você agora se lembrava.

Um experimento de um grupo de psicólogos de uma universidade nos Estados Unidos, você disse. Quando pensava em experimentos feitos por psicólogos, tinha calafrios, imaginava gatos com eletrodos.

Não tem nada a ver com gatos nem eletrodos, André, Cícero disse. O experimento foi com jogadores de basquete. Selecionaram três grupos de jogadores. Um dos grupos praticou arremessos diariamente por um mês, outro imaginou a prática de arremessos diariamente por um mês, o terceiro não fez nada. No final daqueles trinta dias, o primeiro grupo tinha melhorado seu percentual de acertos, alguma coisa em torno de vinte e poucos por cento. O terceiro grupo não tinha evoluído. O segundo grupo tinha melhorado seu percentual de acertos quase na mesma proporção do primeiro.

(É que o segundo grupo sempre acertava, na imaginação, você me explicou.)

O cérebro, Cícero te disse, o cérebro vive o que pensa. O segundo grupo adquiriu maior confiança emocional. E o cérebro memorizou os arremessos como se os jogadores estivessem na quadra.

Então, você disse ao seu pai, isso quer dizer que eu sou prisioneiro do que penso? E se quiser não pensar?

Seus cinco anos de idade, talvez seis. O carrossel no parquinho. Não havia outras crianças. Era, digamos, um dia chuvoso, frio, feio.

O carrossel meio enferrujado. Os parquinhos no Rio naquela época eram uma piada, eu me lembro bem, André. Madeira lascava, pregos se soltavam, tinta descascava, ferro enferrujava, e ficava por isso mesmo.

Estavam você, Isabel e seus pais. Lia e Cícero ainda casados. Iam lanchar na casa do seu avô Marlon, na rua das Laranjeiras.

Você tinha um vago temor da casa do avô Marlon por causa daquele cheiro de gente velha, de guardado, de um perfume distante e doce. Fazia pensar numa flor podre dentro de uma gaveta, como você me disse. Uma flor podre dentro de uma gaveta.

A bisavó Piedade, que morava ali também, estava doente. Ou era doente. Você não sabia a diferença entre as duas coisas e não sabia qual era a doença que a sua bisavó Piedade tinha.

Você perguntou se podiam parar no parquinho antes. Seus pais disseram que sim, desde que não demorassem. O avô Marlon gostava das coisas no horário.

Eu sabia que o avô Marlon devia ter ido comprar broas de milho mais cedo, você disse. Porque Isabel e eu adorávamos broas de milho e ele sempre comprava quando visitávamos. E Simone, que cozinhava para ele, devia estar fazendo aquela limonada que eu e Isabel tomávamos com muito açúcar e gelo.

Havia umas poças d'água na areia do parquinho. Isabel foi para o balanço. Ela gostava de se balançar em pé. Você foi para o carrossel, mas se deu conta de que não sabia fazer girar. Na sua vida até então, naqueles poucos anos de experiência de parquinho, sempre alguma outra criança cuidava daquilo, uma daquelas crianças que já nasciam com talento para gerente.

Então me sentei no carrossel, você disse. Na falta de outras crianças, eu precisei, pela primeira vez na vida, contar comigo mesmo para botar a coisa em movimento. Uns instantes de reflexão. Resolvi dar impulso com os pés. O carrossel obedeceu com uns pinotes desanimados para a frente, aos soluços, e parou logo em seguida. Devia haver uma técnica melhor, mas antes que me ocorresse qual poderia ser, os meus pais vieram ajudar. Ah, André! Coitado. Deixa que a gente empurra, eles disseram. Estavam rindo. E pronto. Puta merda, Vanessa! Foi uma chicotada. Eu me senti de um ridículo fenomenal. Tão pequeno, tão desajeitado, sei lá. Podia ter agarrado o carrossel e dado voltas, correndo, para botá-lo em movimento, depois me sentar nele com um lépido salto. Claro que essa solução me ocorreu logo em seguida. Tarde demais, é claro. O estrago já estava feito. O riso deles era tão amoroso, mas era um atestado do meu fracasso. Devo ter ficado vermelho feito um tomate. Enganchado ali, no carrossel, tentando dar impulso com os pés. Que coisa mais patética, até lembrar disso me deixa constrangido. Eles já estavam se curvando para empurrar, mas eu desci num pulo do carrossel, meu novo inimigo até o fim dos tempos, e fui correndo me encolher dentro do trepa-trepa. Um esconderijo que não era esconderijo, ainda por cima. O rosto queimando de vergonha.

 Eu e você paramos o carro diante do café de que gostávamos, em Taihape. Entramos, pedimos dois americanos e nos sentamos. Um friozinho já um tanto pretensioso por ali. Você foi ao banheiro. Eu sempre deixava para ir à saída. Assim aguentava mais tempo na estrada. Você voltou, pegou o saleiro e o pimenteiro, ficou brincando de trocá-los de lugar.

 Depois do parquinho nós quatro fomos caminhando em silêncio até a casa do avô Marlon, você disse. Quando chegamos, me mandaram ir dizer oi à bisavó Piedade. Aquele cheiro de flor podre guardada dentro de uma gaveta. Devo ter tentado prender a respiração, eu sempre tentava, mas não aguentava por muito tempo. A bisavó estava no quarto, deitada na cama, os olhos fechados. A pele cor de cera, muito pálida. Na parede do quarto dela havia uma folhinha com uma imagem de Jesus. E umas palavras complicadas que eu tentei ler, para tirar o pensamento do carrossel e daquele cheiro. O cheiro estava me deixando com vontade de vomitar. Eu já tinha começado a aprender a ler, Isabel me ensinava desde cedo, mas aquelas palavras eram difíceis. *Meu dulcíssimo Jesus,* fui completando lentamente, mas não sabia o que era dulcíssimo. *Meu dulcíssimo Jesus, que em vossa infinita e dulcíssima misericórdia prometeste a graça da perseverança final.*

Minha nossa, e você se lembra disso?

É que minha mãe pediu para ficar com a folhinha da bisavó Piedade, depois que ela morreu. Pendurou na cozinha. Eu olhava para Jesus todos os dias e lia aquelas palavras e me perguntava por que ele tinha raios de luz saindo da cabeça.

A moça trouxe as duas xícaras de café até a nossa mesa, com aquele infalível scone que você comia a qualquer oportunidade.

Sua bisavó Piedade parecia estar dormindo. Você e Isabel parados junto à cama, indecisos. Você ainda intrigado com aquelas palavras junto à imagem caucasiana do Cristo.

O que quer dizer isso?, você perguntou por fim a Isabel, colando a ponta do dedo na palavra *dulcíssimo.*

Algum título de Jesus, ela disse, dando de ombros. Como doutor, doutora, essas coisas.

A bisavó Piedade entreabriu os olhos. Um sobressalto. Ela estendeu a mão.

Vai você, Isabel disse, baixinho.

Você foi. Se teria que ir em algum momento, melhor acabar logo com aquilo. Pior era ficar na expectativa. Segurou a mão da bisavó Piedade. Os dedos que pareciam miniaturas de troncos de árvores muito velhas.

Comparou as suas mãos às dela. Difícil acreditar que a sua mão, miúda e gordinha, era o passado da mão dela. Mais difícil ainda: que a mão dela era o futuro da sua. E o vento suave do tempo soprando.

Você não entendia o tempo, e por isso a bisavó a assustava tanto. Depois você foi crescendo e sendo adestrado, como todos nós, e o tempo passou a ser hora de acordar. Prazo para entregar um trabalho. Aniversário que se aproximava. Pessoas nascendo, crescendo e envelhecendo. Dia de pagar o aluguel.

O tempo que voa, o tempo que custa a passar. E os sábios nos dando uma rasteira, num desvio inesperado, e dizendo que o ser e o tempo são uma coisa só. O presente imediato, tudo o que existe. Tempo e ser englobados nele. Lembro-me de nós dois embasbacados diante dessa ideia, quando andamos lendo os japoneses. Mas naquele momento, na casa da sua bisavó, ela era só um fantasma que você podia ver e tocar, sem nenhuma filosofia.

O que o menino tem? Está tristinho, está?, ela te perguntou.

A bisavó Piedade sempre falava assim, o que o intrigava um pouco. Ela não dizia você, dizia o menino. O menino quer uma bala? O menino faz o favor de fechar a janela? Tinha também um jeito diferente de pronunciar as palavras, e Isabel tinha te explicado que era por ser portuguesa.

Você não respondeu. O menino estava tristinho, mas não queria confessar. O carrossel do parquinho ainda ia atormentá-lo por muito tempo. Mas a bisavó Piedade tinha fechado os olhos de novo, sem esperar pela resposta à sua pergunta, e sorria. Como se não fizesse ideia de nada vezes nada vezes nada no mundo.

Duas semanas depois, ela morreu. Isabel chorou e pediu para faltar à escola. Você não. Isabel olhou para você na hora do almoço e disse você é um insensível.

Você achava que devia ser mesmo. Não tinha músculo bastante dentro do peito para alcançar o sentido da morte de uma pessoa. Embora o carrossel do parquinho o esmagasse.

Comentário da sua vizinha Ágata após uma rodada de pôquer, alguns meses depois da festa na piscina do clube: tem homem no pedaço, você não viu como hoje a Lia saiu toda bonitona?

Isabel deu de ombros. Você não parecia prestar atenção na conversa. Estava ajoelhado no sofá transitando com seus carrinhos pelo encosto. Cantava baixinho a música de sua série de tevê preferida. *Spectreman! Spectreman! Spectreman! Hir de flech laica flêim faste dena plêim!* Os carrinhos formavam uma fila indiana no encosto do sofá. Estavam sob ataque, e explosões provocadas pelas suas mãos espalmadas os arremessavam longe.

Ágata suava e se abanava. Nós europeus não fomos feitos para este clima, ela disse.

É o pai do garoto, você disse a Isabel mais tarde, quando já estavam deitados para dormir. A cidade lá fora com sua música de sempre, buzina, freada de ônibus, sirenes se aproximando e se afastando, o samba-enredo da escola campeã daquele carnaval tocando em algum lugar, rumor da vida que nunca descansava.

Pai do garoto?

Mamãe está saindo com ele.

Que garoto?

Você ficou em silêncio.

O pai do garoto da piscina?, Isabel adivinhou. O pai do Mauro?

Ahá.

E como é que você sabe?

Porque outro dia eu atendi o telefone e era ele. Ele disse é o André?, e eu disse que era e ele disse aqui é o Jonas, pai da Vanessa e do, e do Mauro, tudo bem com você, posso falar com a sua mãe?

Isso não quer dizer nada.

É, mas é ele.

No fim de semana, foram os dois observar Lia se arrumando. Ela pegou no armário o vestido vermelho, o preferido.

Você e Isabel se sentaram na beirada da cama. A calcinha e o sutiã que ela usava eram de renda preta. Por baixo da renda dava para ver a sombra dos mamilos e a sombra dos pelos pubianos.

Aquele corpo que tinha dado corpo aos dois. Haviam crescido dentro daquela barriga e depois empurrado a cabeça útero afora, vagina afora. Lia passou o vestido pela cabeça, meteu os braços nas cavas, fechou o zíper atrás, ajeitou o resultado diante do espelho. Caía bem, o vestido. Ela sabia. O vermelho sobre a pele morena.

Vai sair com quem?, Isabel perguntou, enquanto mexia no colar em cima da cama.

Um amigo.

É o Jonas, não é? O pai do menino da piscina?, Isabel disse, triunfante.

Lia olhou para ela. Você em silêncio. Isabel liderava.

É o Jonas? O pai do menino da piscina?, Isabel insistiu, ainda mais triunfante.

É, mas a gente é só amigo, ele e eu, Lia se justificou.

Por mim vocês podem ser o que der vontade.

Mentira, é claro. Isabel não endossava aquelas saídas, não endossava a amizade, mesmo que acreditasse que era só isso (não acreditava).

Ele perdeu o filho. Você sabe, disse Lia.

Claro que Isabel sabia. Estava lá, no dia. Estava lá, na beira da piscina, com uma camiseta de corações purpurinados e calças jeans, assando sob o sol porque subitamente a consciência do próprio corpo a constrangia. Tinha um par de peitos aparecendo, o corpo doía em lugares novos e muito recentemente havia começado a sangrar. Criança passando do ponto, adolescente verde demais. Estava sangrando naquele dia da piscina, as dores e os incômodos em lugares novos. Tirar a roupa e se meter num maiô? Parecia perigoso demais. O corpo parecia ter uma nova força e uma nova fragilidade, e ela não sabia muito bem qual a proporção dessas coisas. Não sabia muito bem como essas coisas passavam a defini-la diante do mundo, que era o mesmo e que era outro.

Lia não estava lá naquele dia. Jonas e Teresinha também não. A pessoa deixa o filho no clube, é um domingo de novembro, aparentemente inofensivo, mas como ter certeza?

A pessoa deixa a filha e o filho para uma inocente festinha de aniversário, a família da aniversariante tem dinheiro e é generosa, mas ninguém imagina o custo daquela festa. A pessoa deixa as duas crianças ali, faz recomendações, comportem-se. Diversão e comida grátis. Cumprimenta os adultos presentes e vai desfrutar da intimidade de um domingo sem filhos, que delícia um domingo sem filhos.

E agora, Lia disse, enquanto punha o colar diante do espelho. Como se não bastasse essa tristeza toda, agora essa separação, a ex--mulher foi embora com a filha para o Nordeste, para o Recife, eu acho.

Fica onde?, você perguntou. Fica longe?

Longe demais. Nem sei quantas horas de ônibus, dias. Ou então tem que ir de avião.

Isabel esquadrinhou a expressão de Lia para ver se ela de fato sentia muito por aquela separação. Sentia? Não sentia? Senhoras e senhores, façam as suas apostas! (É que no amor e na guerra vale tudo.)

E então certa tarde, não muito após aquele diagnóstico certeiro que você fez (é o pai do menino), Lia assou um bolo, fez um café, passou perfume, ajeitou longamente o cabelo diante do espelho e disse a você e a Isabel que ia receber um amigo para o lanche.

O verão já ia no fim, março e suas águas, mas ainda fazia um calorão no Rio de Janeiro. Você estava deitado no chão da sala, desenhando. Gostava de se deitar no chão, o contato com os tacos de madeira refrescava o corpo.

Você desenhava extraordinariamente bem. Os adultos comentavam. Seu tema habitual eram os animais. Pesquisava na enciclopédia antes de desenhar: aves-do-paraíso, ratos-cangurus, alpacas, iguanas, tigres brancos, o kiwi (aquela ave tímida que veríamos muitos anos mais tarde num lance de pura sorte, eu e você, no zoológico de Wellington). Não era nos habituais coelhinhos e cachorrinhos que encontrava inspiração. Cícero, ainda que sempre um tanto periférico na sua vida, sentia um orgulho imenso daquela sua marca especial, que talvez o tornasse um pouco melhor do que os filhos dos outros.

A campainha tocou. Você continuou deitado desenhando. Lia ajeitou o vestido e foi abrir a porta.

O que Isabel viu entrar na sala a apavorou. Jonas estava fantasmagórico. Tinha o rosto encovado e estava tão magro que a calça jeans ficava meio franzida na cintura, por baixo do cinto apertado.

Então era assim que as pessoas sofriam. O corpo das pessoas sofria por fora a dor de dentro. Como se o coração escorresse todo o peso pelos outros músculos, transbordasse pelos olhos, pela pele. Era assim que se pranteava um filho pequeno que estava por aí e de repente não está mais.

Devia dar, na pessoa, vontade de rebobinar a vida. Retornar àquele ponto específico, dizer não, não é essa a continuação que eu quero, vamos experimentar outra. E daí os atores todos da peça de teatro retornariam a uma cena anterior e fariam outra tentativa. Vamos ver se acertamos desta vez.

Jonas entrou na sua sala e na sua vida com aquele tamanho todo — um homem bastante alto —, mas meio curvado. Talvez pelo próprio peso do que estava carregando por dentro, talvez por certo constrangimento por continuar existindo a despeito de tudo.
 Lia colocou o bolo na mesa, pratos e garfos, um jarro de suco de maracujá, a garrafa térmica com o café coado minutos antes — o cheiro ainda espalhado pela casa, aquele cheiro doméstico e bom de café. Pediu a Isabel que buscasse xícaras, copos, o açucareiro, e só então abriu o envelopão quadrado do LP que meu pai tinha levado de presente para ela. Isabel espichou o olho.
 Aquela ópera de que eu estava te falando outro dia, Jonas disse, um sorriso apologético no rosto de caveira. Lembra? Aquela que nos primeiros anos só podia ser encenada em certo teatro da Alemanha, porque o compositor não queria que se popularizasse, virasse mera diversão. Tinha também algo a ver com a renda que ele recebia com o monopólio. Depois que ele morreu, a viúva manteve a tradição enquanto pôde.
 Lia virou o disco para um lado, para o outro. Talvez ela não estivesse muito interessada em monopólios de óperas e teatros alemães.
 Isabel viria, ao longo dos meses e anos seguintes, a detestar aqueles discos. O homem invadiria sua casa e seus ouvidos com aqueles gorjeios e trinados grotescos. Embora esse não fosse o problema principal da nova organização familiar em gestação ali.
 Quando ele se sentou à mesa, ela notou que seu torso descrevia um C perfeito. A barriga curvada para dentro. Um oco, ali. Um espaço vazio que ele teria que aprender a preencher de novo, redescobrindo ou reinventando o sentido de estar vivo, de acordar de manhã e botar os dois pés para fora da cama. Encarar: gente, cidade, barulho, frases de bom-dia no caixa do banco, gritos de vê se aprende a dirigir filho da puta quando conduzisse o carro meio distraído pela selva das ruas do Rio. Encarar: trabalho, noticiário, sol, chuva, supermercado, lixo.
 E você, o que está desenhando aí?, ele te perguntou.

Um lêmure.

Um lêmure. Ha.

Jonas se curvou para ver.

Que olhos incríveis.

Você não disse nada. Isabel entendeu que estava se escondendo ali no desenho, como fazia às vezes, quando sair de cena fisicamente não era uma opção. Entendeu que você não queria meu pai ali, de jeito nenhum. É claro.

Lia serviu o café.

E a Vanessa, como está?, ela perguntou, naquele esforço supremo de trivialização das coisas.

Ah, ela está bem, está bem, meu pai respondeu, com aquela euforia na voz que ajudava na trivialização das coisas. No Recife, como você sabe. Já começou na nova escola, ele disse. Parece que é uma boa escola. Ela está bem.

Ele baixou os olhos para o chão, ficou te observando com seu lêmure. Você se levantou, olhou para ele pela primeira vez. Entregou o desenho.

Quer?

Se eu quero? Puxa. Claro que sim. Muito obrigado.

Migalhas de afeto. Qualquer uma, nessas horas. Qualquer uma serve. A gente vira pedinte. Moço, tem um trocado?

Meu pai limpou com a mão os farelos de bolo espalhados sobre o seu canto da mesa, juntando-os num montinho, tão meticuloso. Mais ou menos como eu tenho mania de fazer, agora me dou conta. Outra das heranças em vida.

Colocou o desenho ali, alisou-o, sentiu com as pontas dos dedos as partes cobertas pelo lápis de cor, onde a textura era diferente, tão suave.

Talvez vocês tivessem ficado esperando que ele te pedisse para assinar o desenho — o que os adultos invariavelmente faziam —, mas ele não pediu.

No dia da festa, eu puxava conversa com Isabel na beira da piscina. Pouco nos falávamos na escola. No clube, ela estava inteiramente vestida, calça comprida e tudo, como você sabe, apesar do sol e do calor. Achei tão estranho.

Olhei para ela e involuntariamente me lembrei do Boi Babento.

A peça de teatro do ano anterior, Natal de 1980. Não éramos de todo destituídas de talento. Duas atrizes proficientes na peça natalina. Os papéis principais, o boi e o jumento presentes no nascimento de Jesus. Isabel era o boi, eu, o jumento.

Doze páginas de falas para decorar. A turma em peso se valendo dos ensaios para grudar em nós duas os novos apelidos, o Jumento e o Boi Babento (assim o primeiro se referia ao segundo, naquela peça infeliz). O ressentimento de Isabel, que eu achava de um ridículo de dar dó.

Bem: mas não era eu o Boi Babento. O jumento acho que talvez tivesse mais classe. O jumento era esguio e elegante em sua malha marrom. O boi era um bicho roliço e meio mesquinho, não sei. Na peça, o jumento era o artista, o espírito livre, o signo do ar. O boi era mundano e chato.

Fui puxar conversa, no clube. Ela tão sozinha ali na beira da piscina. Aproximei-me, sentei-me ao seu lado. Fiz um comentário qualquer sobre a roupa que ela usava, uma camiseta que até que era bem bonita, com uns corações purpurinados, embora um pouquinho apertada para ela. Logo em seguida começou a gritaria, gente correndo para um lado e para o outro, uma confusão dos diabos.

Mauro. Geografias, afetos. Um instante só e a nossa vida mudou inteiramente de rumo.

3

Existia algo de quase místico naquelas longas retas de coisa nenhuma, nos povoados feios de beira de estrada, nas cidades mais populosas que começavam a se entrincheirar sobre o asfalto da rodovia conforme as muitas horas se passavam.

Tanta estrada! Íamos descendo de ônibus pela BR-101, por todos aqueles penosos dois mil e trezentos quilômetros entre o Recife e o Rio. E eu pensava, quanto tamanho, quanto chão, quanto Brasil. Era país que não acabava mais. E um país dentro do outro dentro do outro. Tempos diferentes coexistindo, a gente nem entendia como.

Primeira vez que eu voltava. Dois mil e trezentos quilômetros depois. Quatro anos depois. E quando descia do ônibus nas paradas, para um café e um pacote de biscoitos de polvilho e um banheiro que com sorte não seria tão mijado pelo chão, não pensava em rigorosamente nada. As ideias em suspenso. Minha mãe preocupada comigo, preocupada que eu fosse sozinha, menor de idade, viajar de ônibus para a lonjura que era agora o Rio, periferia do nosso novo centro. Teresinha quase sempre tão preocupada comigo, agora. Como se a preocupação carregasse em si o poder mágico de evitar as tragédias. Preocupando-me o suficiente, quem sabe dou conta de evitar o mal? De acantoá-lo para que ele não possa nem passar perto da soleira da nossa porta? E o amor dobrado que ela depositava agora em mim – digo isso e penso em gloxínias ou rosas ou buganvílias dobradas, as pétalas a mais. Havia uma responsabilidade em ser amada daquele jeito exagerado. Parte de sua preocupação talvez fosse, também, consigo mesma – ficar para trás no Recife, ela, o que restava da família desfeita. E se eu não voltasse? E se o ônibus, uma chuva, as águas, um motorista com sono, uma curva qualquer, e se?

Em alguma das paradas, de pé diante do balcão, puxei conversa com uma mulher de idade indefinida — parecia velha, não sei o quanto. Preta africana, parecia, sem nenhuma mistura de nada (pretos africanos tantos de nós éramos, mas comumente havia gerações de outras raças imiscuídas na nossa pele, no nosso corpo).

Essa mulher usava um lenço amarrado na cabeça, um vestido de pano, os peitos grandes e pesados por baixo. Tinha uns olhos leitosos, o que apontava para uma idade mais avançada. Teria seus setenta anos? Mas nos olhos leitosos havia uma expressão de criança, como se nunca tivesse acabado de crescer por completo. Ficamos ali, esticando as pernas, conversando, falando da estrada, falando que o café estava danado de ruim, aguado e queimado. Ela ria e tapava a boca com a mão quando ria. Faltavam dentes na boca.

Havia um jogo de futebol na televisão pendurada na parede, acima da nossa cabeça. Olhei, um amistoso da Seleção do Brasil. E eu ela conversando, ela contando de onde vinha, cidade chamada Frei Paulo (tem uma igreja amarela linda, ela disse). Agora estava morando no Recife, me contou. Cozinhando para uma família, não fazia muito tempo. Antes trabalhava para eles em Itabaiana, o que era bom porque ficava perto de Frei Paulo. Mudaram-se no ano anterior, ela foi junto. Do Recife ela não gostava. Nem um pouco. A patroa a havia colocado dentro do ônibus e a irmã ia apanhar quando passassem em Aracaju. Ela ia visitar parentes. Queria mesmo era ficar com eles em Frei Paulo.

A senhora conhece o Rio de Janeiro?, perguntei.

Rio de Janeiro, minha flor!, e ela riu. Não, ela nunca tinha estado. Era muito longe?

Até que veio aquela comoção coletiva de um gol, gritos, vivas, eu e ela levamos um susto.

O que é que foi, minha flor?, ela me perguntou. Aquele jeito de criança nos olhos de velha. Tentando fazer sentido do que estava acontecendo, divertida, surpresa, intrigada. Pensei que talvez a idade tivesse comido um pedacinho do seu entendimento das coisas. Olhei para a tevê. Jogadores comemorando, estádio formigando.

Um gol do Brasil. O Brasil está jogando com outro país, para ser honesta não sei qual.

Ah, Brasil, ela disse. E fica muito longe, minha flor?

O rapaz que atendia no balcão ouviu.

Ô Andrade! Esta senhora aqui quer saber se o Brasil fica muito longe.

O Brasil?, respondeu o Andrade, que tinha voltado a lavar pratos. Porra, o Brasil fica longe pra caralho!

Aquela viagem, eu não sabia muito bem o que esperar dela. Aquela viagem me deixava com uma sensação enorme de estranheza. Já não sabia o que ia encontrar ou reencontrar na outra ponta. E tanta estrada operava em mim alguma mudança interna, de modo que talvez já não fosse mais a mesma ao desembarcar do outro lado, suada, o alívio de ter chegado, a ansiedade de ter chegado.

Despedi-me das pessoas com as quais tinha conversado na estrada. Certo rancor do homem que roncava tão alto e da criancinha que chorava tão forte. Aquela gente que tinha existido, para mim, num lugar inexistente, sobre as valentes rodas de um ônibus em movimento. O homem que, um par de horas após a partida da rodoviária no Recife, tinha ido lá para a frente, com uma Bíblia aberta, pregar, e com o qual os outros passageiros foram tolerantes durante algum tempo, antes de vir o primeiro protesto.

Ô motorista! Tem gente aqui querendo dormir!

Louvai ao Senhor! Louvai a Deus no seu santuário, louvai-O no firmamento do seu poder. Louvai-O pelos seus atos poderosos, louvai-O conforme a excelência da sua grandeza. Louvai-O com o som da trombeta!

Ô motorista!

O Rio sob a chuva. Quando finalmente chegamos, e já parecia que não íamos chegar nunca, lembrei-me de como a chuva espremia carros e ônibus em fila indiana por ruas parcialmente alagadas. E ali do lado, a boca banguela da nossa baía de Guanabara, do nosso velho Aterro do Flamengo. Onde Mauro e eu aprendemos a andar de bicicleta. Onde aquele homem certa vez tinha puxado para baixo o short encardido e sacudido o pênis inchado, enquanto Francine e eu tínhamos um acesso de riso nervoso. Éramos meninas, ainda — quantos anos teríamos? O homem sacudindo o pênis.

Espichei a cara para fora da janela do ônibus que fazia a curva para entrar na Rodoviária Novo Rio, sujo e cansado. Senti a chuva respingar no rosto, no cabelo.

O cheiro da rodoviária, igual em todas elas, igual em todas as que eu conhecia. Escapamento de cano de descarga, óleo queimado e fritura, pastel, café. O cheiro doce e enjoativo de caldo de cana. Cheiro de muita gente junta. E aquela impressão geral de uma imensa romaria, chegávamos, partíamos, havia muita tristeza e muita alegria e alguma resignação, e o que ficava era aquela ideia de um lugar fixo no espaço que era, no entanto, inteiramente composto de movimento.

Meu pai, um abraço demorado. Pegou minha mala. Jonas tinha passado aqueles quatro anos viajando pontualmente até o Recife para me ver, e não cabia em si de alegria porque eu tinha enfim decidido passar umas semanas em julho com ele e com a sua nova família. Comemorar meus dezesseis anos (dezesseis anos! Como é que isso foi acontecer com você, Vanessa?) com ele e com a sua nova família.

Nossa nova família.

Minha não era, mas eu não disse nada. Eu não tinha família. Você, Isabel e Lia? Claro que não. Eu tinha um pai que morava no Rio, uma mãe que morava no Recife e um irmão que não morava em lugar nenhum. Mas vocês três? Imagine.

Ele fez o inevitável comentário sobre a desgraça dos nossos tempos, a ineficiência dos nossos poderes, a inflação que comia solta. E ele nem sabia, coitado, o quanto a coisa toda ainda ia piorar. Reclamava de barriga cheia, pobre Jonas.

O ano era 1986. Ele falava e eu ouvia. Enquanto acompanhava o limpador de para-brisa em sua queda de braço com a chuva, eu pensava no Mauro.

Já não acontecia com tanta frequência eu me lembrar dele, a essa altura. Mauro, imobilizado nos seus nove anos de idade. E todos nós crescendo ou envelhecendo sem ele, fazendo aniversário, atualizando nossas cifras. Falando de inflação sem ele. Sentindo a chuva na pele, no cabelo, nos sapatos encharcados, sem ele.

No primeiro sábado, Jonas resolveu inovar. Bom tempo, um céu lavado e enxaguado, e minha visita parecia requerer honrarias. Parecia merecer que pegássemos o Chevette e fôssemos até Copacabana, a proposta dele, cheia duma alegria infantil e quase constrangedora.

A praia do Flamengo serve, sempre serviu, eu disse. Não tem a mesma fama, a mesma beleza, a mesma nobreza, recebe apelidos abjetos, mas serve.

Ele estava, contudo, empenhado no seu projeto família e precisava de símbolos, precisava do extraordinário.

Pai. Não se empenhe, eu por dentro dizia, sem coragem de externar as palavras. Não precisa se dar ao trabalho. Isto não vai durar.

Mas era Copacabana a ideia. As areias e o céu tão lindo, as sereias sempre sorrindo — ao que constava. Mesmo que depois o carro estivesse pegando fogo sob o sol, a ponto de meu pai mal conseguir segurar o volante. Eu, você e Isabel espremidos no banco de trás, tão quente, na volta para casa, sujos de areia, pegajosos de água do mar. A ventilação do Chevette soprando aquele bafo na nossa cara.

Com sorte, o que ficaria na memória seriam os sorrisos involuntários de quando as ondas vinham e lambiam as nossas pernas e aquele torvelinho da água dentro do oceano, um corpo vivo. Aquela bainha de mar.

Você sente saudade?

Era a sua voz. Estava parado ao meu lado, alguns passos atrás da arrebentação. Eu nem tinha notado você se aproximando. Magrinho, os cabelos em muitos cachos caindo em cima do olho. Aqueles trejeitos de adolescente em início de carreira tentando parecer mais adulto, mais interessante, mais desenvolto do que realmente era.

Se eu sinto saudade daqui?, perguntei. Do Rio?

Você fez que sim.

Não sei. Tem praia no Recife, você sabe. Tem praia com tubarão, até.

E das pessoas daqui? Sente saudade?

Perguntinha capciosa, a sua. Como eu podia dizer que não? Como podia dizer que a única pessoa de quem sentia realmente falta era o meu irmão, a única pessoa que não voltaria a ver?

Dei de ombros.

É. Às vezes.

O ir e vir das ondas tinha enterrado os meus pés na areia molhada.

Você sabia que os piratas enterravam os prisioneiros até o pescoço na areia da praia?, eu disse, sem motivo nenhum. Depois, quando a maré subia, eles morriam afogados.

Eu não sabia, você disse.

E ficamos em silêncio.

Assim concluímos o primeiro diálogo que tivemos na vida. Lembraríamos dele no futuro. Piratas enterrando prisioneiros na areia da praia. Lá no céu, um avião rebocando uma faixa de propaganda de bronzeador. Copacabana princesinha do mar.

No segundo sábado, eu e Isabel pegamos a garrafa de cachaça na cozinha e levamos para o quarto, para David Bowie, os Titãs e os Pretenders. Uma adolescência plena em comum e nada mais, mas teria que bastar. O espaço dos dezesseis anos, peculiar e excludente.

Salário de funcionário público de Jonas, salário de professora de educação física de Lia em duas escolas particulares. A nova família do meu pai morava no mesmo bairro do Flamengo, ao qual pareciam fiéis como a um traço essencial da própria personalidade. Sei lá o que seria deles — de vocês — caso se bandeassem para outro lugar, um Méier ou um Andaraí. Me parece que no Rio a gente acaba virando também um pouco o bairro onde vive, ou o bairro onde vive acaba contaminando o que pensamos de nós mesmos. A gente pode não ser fiel a mais nada, mas costuma ser fiel aos bairros — já reparou, André? E cada bairro parece que tem os seus códigos, o seu léxico, os seus modismos, cada um tem o seu ritmo. Uns mais notívagos que outros. Uns mais bucólicos, uns mais indignados, uns mais desesperados que outros. Uns mais distraídos que outros.

Agora vocês moravam a uma quadra do Aterro, mas isso não queria dizer muita coisa além daquela aragem salgada vinda das águas da baía quando abríamos a janela, em certos dias.

Tinha botequim em frente, hotel barato na esquina, padaria tradicional um pouco mais adiante. Era um prédio velho, o elevador era barulhento e de vez em quando enguiçava, mas eu gostava de prédios velhos com elevadores barulhentos. O enguiço ocasional era um preço justo a pagar.

Voltamos da pizzaria no largo do Machado, onde tínhamos ido comemorar meu aniversário. Isabel e eu esperamos que os outros fossem dormir e nos apossamos da garrafa de cachaça. Não que por ali vivessem no nosso pé, mas uma garrafa de cachaça pura talvez passasse um pouco do ponto.

No Recife, eu e meus amigos costumávamos comprar uma cachaça em saquinho, fácil de levar no bolso do casaco, e para beber bastava morder a ponta com o dente e chupar o conteúdo. Cachaça ruim, barata. A que Lia comprava era bem melhor, para fazer suas caipirinhas nos fins de semana enquanto Jonas ouvia trinados e gorjeios na vitrola ou no toca-fitas de rolo.

Este apartamento tem uma acústica muito melhor, ele dizia, satisfeito com suas Leontynes Prices e seus Dietrichs Fischer-Dieskaus, com suas caipirinhas, com Lia e aqueles pernões de professora de educação física. Ela passeava uns shorts dentro de casa e eu me sentia meio incomodada. Precisava mesmo daquilo? Daqueles shorts tão curtos?

Você foi naturalmente excluído da nossa garrafa de cachaça, André — a diferença de catorze para dezesseis sendo de muito mais do que dois anos. Intransponível, quase.

Completamos a garrafa com água, depois?, perguntei, incerta, sem saber muito bem qual o protocolo por ali.

Não, Isabel disse. Que bobagem, por que a gente faria isso? E estragar o que tiver sobrado da cachaça? E afinal de contas é seu aniversário, temos direito.

Olhei para ela, procurei traços do Boi Babento na saia indiana, nos longos brincos de prata, uns cabelos que eram, me parecia, de uma confusão intencional. Um estilo. Estávamos todos em busca de um estilo, àquela idade. Alguma coisa que nos definisse, ainda que por contraste. Veja, preste bastante atenção naquilo que eu não sou.

Ela estava bonita. Tinha mesmo certa cara de algum oriente, fosse ele qual fosse, a pele muito morena, os cabelos grossos e pretos, crescentes mais escuros sob os olhos. Mas no nosso país a gente nunca sabia o que tinha vindo de onde, podia ser herança ibérica e mourisca, podia ser indígena, podia ser mistura de tudo. Originar--se quem sabe em Magrebe, passar por Portugal, somar-se ao litoral dos tamoios e tupiniquins no Rio de Janeiro, ou ao cais do Valongo, entre os dois milhões de escravos que a cidade viu aportar (consta que antes os escravos aportavam na praia do Peixe e eram vendidos na rua Direita, mas o escândalo que eram aqueles corpos negros e nus e doentes transitando pela cidade fez com que as autoridades transferissem o mercado, em fins do século XVIII — o Rio precisava preservar a imagem de cidade europeia, que cultivava a duras penas e na contramão daquele clima atroz).

Por aí seguiria Isabel, aliás, como sabemos: suas heranças. Os seus estudos, inicialmente voltados aos guaranis do estado do Rio. Mas em algum momento ela encontraria sua rota de fuga para muito mais longe. A primeira, entre nós.

Mas quem fugiria do quê? Nós dela, ela de nós, nós três do Mauro e sua memória que o tempo só fazia reestruturar de um jeito esquisito? Dos nossos pais e suas novas alianças, que não eram as que desejávamos? Uns dos outros, sem saber muito bem como ou para onde?

Diáspora nossa. Pequeno núcleo explodindo, e as partículas lançadas em todas as direções.

Olhei para Isabel e procurei traços do Boi Babento, não encontrei. Tínhamos crescido. Ela me entregou um copinho, derramou dois dedos de cachaça. O cheiro, aquele álcool que vinha entrando pelas narinas com toda força.

Espírito, eu disse.

O quê?

Faz sentido que se chame espírito. A parte da bebida que evapora. O álcool.

Nunca tinha pensado nisso, ela disse.

Brindamos aos espíritos. Isabel se sentou no chão, as costas apoiadas no armário.

Eu estava pensando, comecei a dizer. Estava pensando, assim que cheguei.

Sentei na beirada da cama. De uma das camas. Eram novas. Agora cada um tinha o seu quarto, você o seu e Isabel o dela, mas havia duas camas em cada quarto, como se os lugares tivessem ficado reservados para as outras partículas em dispersão.

Eu estava pensando na presença do Mauro nesta casa, continuei. As duas camas no quarto do André. É como se o espaço estivesse guardado para o Mauro. Uma cama a mais aqui, no seu quarto, para mim. Uma cama a mais no outro quarto, para o Mauro.

Isabel não disse nada. Ajeitou o cabelo atrás da orelha.

Curioso pensar que foi o que uniu os dois, meu pai e sua mãe, eu disse. Que só estão juntos porque o Mauro morreu. Você já parou para pensar nisso?

Claro que já.

A cachaça, uma lixa grossa na minha garganta. A intimidade daquele álcool descendo para dentro do meu corpo, batendo no meu estômago, migrando para os meus músculos e para os meus pensamentos. Como se fosse um corpo dentro do meu corpo. Um espírito dentro do meu espírito.

Ainda me lembro da primeira vez que seu pai esteve na nossa casa, Isabel disse. Foi quando minha mãe convidou para um café, ainda no outro apartamento. Não sei nem como é que ele estava se aguentando em pé. Parecia um fantasma. Chegou com um disco de presente para ela. Eu nunca tinha visto uma pessoa triste daquele jeito. E o mais comovente é que ele tentava, tentava agir normalmente. Comendo bolo, tomando café, sei lá. Fez uns comentários sobre um desenho que o André fazia. E dava para ouvir o esforço na voz dele. Era um esforço tremendo. E puta que pariu, ainda por cima a sua mãe tinha se mandado, levando você para longe.

Comecei a fazer um comentário qualquer, a voz falhou. A essa altura eu já tinha as coisas mais ou menos sob controle, não era de me emocionar à toa. Merda.

No aparelho de som, David Bowie sugeria que atravessássemos a multidão em busca de um espaço vazio. Ficamos escutando a canção em silêncio até o fim.

David Bowie (começamos esse ano de 2016 com a notícia da morte dele: eu devia ter desconfiado que não seria um bom ano, André) era um cujas letras eu tinha copiadas no meu caderno. Era assim que aprendíamos inglês, ou tentávamos aprender inglês. Rádio, papel, caneta, encarte dos discos. Às vezes íamos às lojas e tirávamos o encarte para copiar. Invariavelmente vinha alguém nos enxotar dali, depois de um tempo. Alguns discos comprávamos, mas sempre menos do que gostaríamos.

A mística da nossa adolescência era a música, tudo acontecia ao redor da música, infinitamente mais importante do que qualquer outra coisa — política, escola, livros, namorados, namoradas, mais importante do que cachaça, tabaco, maconha, o vinho de garrafão das festas. A música nos acompanhava às festas e nas festas, adequava--se à solidão voluntária ou involuntária, ao Walkman. Era dançada, cantada, tocada pelos mais ousados que estudavam guitarra, baixo ou bateria e formavam bandas que considerávamos sensacionais. Era ouvida, decorada, adorada.

Através dela nos irmanávamos todos, o maconheiro, a esquisitinha, a estrela do vôlei na escola, o garoto carcomido pelas espinhas, o gordo, a magrela, fosse quem fosse. Cantava Joan Jett ou cantava o Capital Inicial (*tudo errado, mas tudo bem, tudo quase sempre como eu sempre quis*), cantava Tina Turner e nossas diferenças se aplainavam, éramos só adolescentes no Rio de Janeiro ou no Recife, em 1986, amargando os nossos tempos, devorando os nossos tempos.

Atravessar a multidão em busca de um espaço vazio. Um dia atravessamos a multidão de um oceano e encontramos, não foi, André? O nosso espaço vazio? Os meus pensamentos ecoavam, nos primeiros meses aqui. Havia um repouso também, lembro-me de que comentamos isso. Os olhos descansavam, os ouvidos descansavam. E tínhamos a mão um do outro para segurar à beira d'água.

A canção de David Bowie enveredou por outra coisa de que já não me lembro. Reconstituindo a cena na memória, eu também não saberia dizer quem começou. Às vezes acho que fui eu. Às vezes, que foi Isabel, com um milímetro a mais de empenho. Mas posso estar enganada.

Ela veio se sentar ao meu lado, pegou a minha mão, mexeu no meu anel, acariciou os meus dedos, e quando vi.

Começamos timidamente, como se o beijo não tivesse a intenção de ser mais do que um breve encostar dos lábios e pronto, mas então as bocas se abriram por conta própria.

Seguramos a nuca uma da outra, e me surpreendi com esse gesto, como se as minhas mãos tivessem suas vontades. E a cachaça não teve nada a ver com isso, André. Nem um leve pilequinho. Um par de goles rascantes, tinha sido tudo.

O perfume dela. Aquele perfume azul que misturava lavanda, rosa, gerânio. Almíscar? Boi Babento troncudo no passado, com sua malha preta e branca (alguém se lembrou de perguntar se havia gado holandês em Belém?), adolescente de longos brincos de prata, de longas saias indianas.

Quando as línguas e os lábios se soltaram, a porta estava entreaberta. Havia alguém ali, e não era um adulto, decerto muito mais escandalizado com o beijo do que com a garrafa de cachaça: era você, expressão de profunda curiosidade no rosto. Parecendo um daqueles animais que desenhava e que estavam se estilizando um pouco, já não eram mais imitações das fotos e ilustrações das enciclopédias. Uns bichos híbridos, os que você começava a desenhar. Metade aquilo que sabia do mundo, metade o que o mundo não sabia de você.

Que foi, André?, Isabel perguntou, um pouco aturdida, um pouco impaciente.

Nada, você disse. Ouvi a música do meu quarto. Vim ficar com vocês um pouco. Isso aí é o quê, cachaça?

A gente já está indo dormir, Isabel disse, e esticou o braço para desligar o aparelho de som. Era um ruído branco o que atravessava os meus ouvidos.

Me passa a garrafa?, você arriscou, dando dois ou três passos para dentro do quarto.

Claro que não. Que ideia, Isabel disse.

Eu me levantei em silêncio. A bebida tinha sido pouca, mas deixava os meus pensamentos um tanto vagos, um tanto frouxos.

Ou então não era a bebida. Você, Isabel, eu, aquele momento que os três compartilhamos ali, adolescentes plenos. O que foi que trocamos ali, sem saber? Sempre achei curioso o fato de a palavra hormônio vir de um termo grego que significa ímpeto. Estávamos ali, tomados pelos nossos ímpetos.

Você ia me falar dessa noite, anos depois. Ela foi o segundo dos nossos marcos, o segundo momento em que a vida corcoveou e nos aprumamos em nossos lugares para não perder o equilíbrio. Lembra do Tivoli Parque, André? Aonde íamos para sentir medo a bordo de uma montanha-russa? Minha amiga Francine e eu economizávamos mesadas para sentir medo a bordo de uma montanha-russa, agarradas

ao que quer que se oferecesse às nossas mãos e torcendo para não ser cuspidas para fora do carrinho. Parecia tão precária, aquela montanha-russa — o que só aumentava o nosso interesse e a nossa excitação.
Afetos: hoje eu penso. Zona de sombra, zona de penumbra.
Você não pareceu ouvir a proibição de Isabel. Estendeu o braço, pegou a garrafa de cachaça. Não foi um gesto de desafio nem de afronta. Fez isso com a sua calma habitual, com aquele seu jeito que ao longo da vida me levou às vezes a pensar em alguém muito mais velho do que você, com um quê monástico, ademais. Alguém que estivesse já treinado a um convívio razoavelmente sereno com as coisas.
Bebeu no gargalo um gole de cachaça. Aquele ruído de vácuo se desfazendo quando os seus lábios se soltaram. Limpou com o polegar um pingo que escorria da boca. Isabel virou as costas, foi tirar os brincos e colocar num cinzeiro em sua escrivaninha. Ninguém disse mais nada. Você olhou para mim quando passei para ir ao banheiro. E não foi de relance, como habitualmente olhava para mim: foi em cheio. Um olhar em cheio.
Não sei quanto tempo fiquei trancada no banheiro. Um tempo considerável, suponho. Lavei o rosto propositalmente devagar, escovei os dentes muito devagar. Quando voltei, as luzes estavam todas apagadas. Você em seu quarto, porta fechada. Isabel deitada em silêncio.

Ir, voltar, ficar. As conjugações desses verbos. A espiral esfrangalhada que a gente um dia supôs linha reta, lá atrás, lá no início. As águas rodando, rodando, ao nosso redor e dentro de nós. Embalando a gente, puxando, levando, lavando, tragando.
A noite no quarto de Isabel e os dias que se seguiram viraram fumaça depressa. No terceiro sábado das minhas férias de julho, voltei para o Recife, refazendo o caminho do ônibus, puxando a corda de volta para o que agora conhecia como meu, ainda que por contraste.
Nadei um pouco em águas mais profundas, mas a corda me atava ao barco e a superfície estava à disposição, a própria inércia me levava de volta. Dois mil e trezentos quilômetros. Paradas de ônibus, café e biscoitos de polvilho e banheiro, e pronto.

* * *

Ao Rio eu só voltei, como você sabe, com vinte anos completos. Botei a cidade de quarentena pela segunda vez. A nova família do meu pai não me incomodava tanto quanto o fato de ele querer que eu fizesse parte dela.

Àquelas minhas primeiras férias com vocês seguiu-se uma correspondência preguiçosa com Isabel. Ela colocava empenho, me parecia. Chegou a gravar e me mandar por correio duas fitas cassete — você sabe como gostávamos de fazer isso naqueles tempos, gravar a seleção das nossas músicas preferidas para dar de presente, era um pedaço de nós mesmos que a gente franqueava aos outros. Receber uma fita cassete de presente era algo muito especial. Às vezes era preciso passar dias com a fita a postos no tape deck e o rádio ligado, esperando que tal ou tal música tocasse. E por isso às vezes uma ou outra faixa da fita vinha com os segundos iniciais mutilados, e às vezes com a voz do locutor se interpondo no final (como odiávamos quando isso acontecia! Por que os locutores inventavam de fazer um comentário idiota qualquer antes que a música tivesse acabado de acabar?). Mas eu ia tentando desbastar o empenho de Isabel, porque era algo que pesava, era algo que eu não queria na minha vida, e queria na memória só se a coisa toda não tivesse maiores pretensões. Trocando em miúdos: eu não estava particularmente interessada nela.

Andei com o pessoal do teatro pelo resto daquele ano e no ano seguinte. Fiz aulas, evoluí bastante em comparação aos tempos do burrinho de presépio. Chegamos a encenar Brecht, como você sabe, em algum momento te contei isso. Ficamos em cartaz por umas semanas, *Mãe Coragem e seus filhos*. Ganhamos um prêmio de teatro amador e ficamos em cartaz por mais algumas semanas. Eu era Kattrin, que não tinha falas, mas existia nos gestos, no corpo, na fisionomia. Existia grandiosamente, aquela Kattrin, a filha muda, a heroína que tocava o tambor para salvar a cidade, ainda que isso depois lhe custasse a vida. Eu me orgulhava de Kattrin.

E os afetos. Transformando-se às vezes em corpos que se abriam. O sexo, algumas vezes, aquele ano, com um breve namorado do teatro, o roteiro o mesmo em todas elas: uma língua lambuzando de saliva as minhas orelhas e quase que se enfiando por dentro do meu canal auditivo, mãos ansiosas que se metiam por dentro da minha roupa e apertavam os meus peitos, um pênis duro que saltava para fora de uma calça jeans e se metia dentro da minha vagina e logo já não estava mais dentro da minha vagina. Um prazer vago, que era mais ansiedade e expectativa do que qualquer coisa. E era como se eu tivesse visto um bloco de carnaval passar diante da janela e gritasse espera, minha gente, que eu vou com vocês!, mas ninguém esperasse por mim. E eu ficasse ali com um coração palpitando frustração, imaginando em vão um monte de confete e serpentina.

Chegava uma carta de Isabel, eu demorava a responder, de propósito. As cartas que ela me escrevia eram longas, e hoje, pensando a respeito, ansiosas. As palavras quase que atropelavam umas às outras, a impressão que eu tinha. E havia um eviscerar de sentimentos ali, ela falava demais, falava demais de si mesma, formulava as perguntas que eu não tinha feito sobre sua vida e respondia sem reservas.

Aquela noite no quarto dela, com cachaça e David Bowie e o seu testemunho, e a leve intimidade que compartilhei com ela na semana seguinte — doce, tranquila —, tudo aquilo para mim era para ficar só por ali mesmo. Não tinha eco.

Em algum momento ela acabou se dando conta, é claro. Nunca lhe enviei nenhuma fita cassete com a seleção das minhas canções do momento.

Essa menina, a enteada do Jonas, disse minha mãe uma vez durante o jantar.

Isabel? O que tem ela, perguntei.

Toda hora chega carta. Vocês acabaram se dando bem, não é? Uma irmã para você, no final das contas, quem diria.

Ah, não, irmã não!, eu discordei, fazendo um gesto com a mão, a boca cheia de espaguete. Devo ter abafado uma risada.

E um irmão, Teresinha acrescentou, como se não tivesse ouvido o meu protesto.

Mas ela já se arrependia do que acabava de dizer, e eu sabia. Metemos o garfo no espaguete e terminamos o jantar em silêncio. Eu não tinha irmãs nem irmãos.

* * *

    No inverno passado — e parece que este ano de 2016 tem sido mesmo só um inverno compridíssimo que não acaba nunca, o que quer que se faça este inverno não acaba nunca —, o rio Manawatū inchou feito um bicho que estivesse engolindo a presa. Você foi até a janela da nossa casa, esta casa. Apesar da chuva e do frio, forçou a tranca meio emperrada, abriu a vidraça. Deixou que o ruído intenso ocupasse os seus ouvidos.
    Um inverno dos mais rigorosos. Aqui na ilha Norte, uma semana de enchentes históricas, ventos de cento e cinquenta quilômetros por hora, cabos elétricos estalando e se rompendo, árvores destroçadas, rodovias fechadas. Muita neve e estrago equivalente na ilha Sul.
    Você forçou a tranca meio emperrada e abriu a janela da sala. O que mais nos atraiu quando alugamos esta casa aqui na rua Te Awe Awe foi o fato de ela ficar muito perto do Manawatū. Não dá para vê-lo, embora sempre sentíssemos a sua presença, a umidade doce de rio, às vezes o seu cheiro. Mas nesse dia da grande enchente ele tinha virado bicho, estava com pressa e com raiva, não cabia no próprio leito e vinha entornando por cima das margens.
    Vanessa, você me chamou. Vem cá.
    Aproximei-me, tonta, desencontrada, cansada, fazia pouco tinha terminado um sobrevoo muito longo. E o que se desenrolava ali entre nós dois era uma travessia mais comprida ainda.
    Casa sem luz, tarde caindo. Tínhamos uma vela guardada em alguma das gavetas da cozinha, uma vela e uma caixa de fósforos, mas nenhum de nós dois foi buscar. Coloquei a cara na janela, ao seu lado, o barulho da chuva se sobrepondo a todo o resto.
    O telhado da casa, saliente por cima da janela feito a aba de um chapéu, quase não nos protegia. Em poucos minutos o meu rosto estava molhado. Afastei o cabelo da testa, respirei fundo, olhei para você.
    Já estávamos distantes. Estávamos lado a lado e já estávamos distantes.
    No dia seguinte, a natureza restabelecendo sua ordem, fui trabalhar sozinha, vendo por toda parte as marcas da tempestade, feito cicatrizes num corpo. Quando voltei para casa, você tinha ido embora.

4

Quando chegamos, o deserto de Rangipo era nosso nos dias em que queríamos esquecer um pouco o mar e o trabalho. Aves migratórias de fôlego transpacífico e suas águas ficavam para trás com duas horas de estrada, e a paisagem mudava, os olhos se divertiam com algo novo na aridez do solo vulcânico e na austeridade das plantas dali.

À luz branda do crepúsculo, tudo era ainda mais estranho e curioso. Um deserto com chuva abundante, mas cujo solo, combinação de cinzas de erupções passadas e outros minerais, quase que desprovido de matéria orgânica, deixa a água escorrer sem retê-la.

E o vento, e as geadas e nevascas.

Tudo aquilo, conforme aos poucos fomos nos informando, era mata — modesta, desde a grande erupção, mas mata ainda assim — antes da chegada dos polinésios.

Então vieram os fogos, cada vez mais frequentes, ateados à terra pelo homem ao longo de quinhentos anos. A erosão em queda de braço com as plantas determinadas a colonizar o espaço. As espécies endêmicas, como aquele já familiar arbustinho áspero que víamos em tons de verde, amarelo e marrom, dependendo da época do ano, o *Rytidosperma setifolium*. A nativa *Chionochloa rubra* de folhas finas, cor de cobre. As flores que você, desde sempre melhor em botânica do que eu, ia aos poucos aprendendo a nomear.

Pela estrada, a célebre Desert Road, muitos passavam de carro, muitos iam e vinham, poucos paravam e iam investigar o deserto e suas nuances. Os vulcões presenciando tudo lá em cima. Uma vez eu disse: olhando, olhando para tudo lá de cima. Mas você me corrigiu. Você me disse que obviamente os vulcões não olhavam para coisa alguma e que nós não tínhamos o menor interesse para suas vidas. Ruapehu, Ngauruhoe, Tongariro, os três vulcões ativos, sentados ali como budas.

A gente sempre encontrando verbos humanos, você comentou. Vulcões olhando, vulcões sentados ou adormecidos ou o que seja.

Bem. Mas a gente precisa de palavras para dizer as coisas.

Você deu de ombros. Eu sabia que questionava a necessidade de dizer as coisas. Para ter a experiência de um vulcão, bastava parar diante dele. Você frequentemente tão quieto, ao longo de todos os anos da nossa vida juntos. E eu tropeçando nas palavras, dizendo a mesma coisa de várias maneiras para ver se conseguia cercá-la. Vulcões sentados como budas.

Ademais, você disse, o Buda era magro.

Vamos com calma aí, André, eu devia ter dito. Não vamos despir as coisas totalmente de sua magia, de sua mitologia, de sua poesia. Montanhas-budas, por que não. As montanhas dos maōri se erguem na direção do céu, o pai, Ranginui. Têm uma importância espiritual inestimável. Se eu abaixar a cabeça, que seja para uma montanha alta, diz um provérbio deles.

Na primeira vez que passamos pela Desert Road, assim que chegamos — era um mês de abril? Maio? — paramos o carro no acostamento para tirar fotos. Avancei uns passos por entre os arbustos, catei umas florzinhas e amarrei com uma folha fina e comprida. Ficaram no carro, dias e dias, eu e você rumo a Auckland para um encontro com outros pesquisadores que estavam trabalhando no estuário dos rios Waihou e Piako, e depois de volta (lembra como choveu, na volta? Um temporal, a gente tendo que ir em velocidade baixa).

Em casa, levei as flores já murchas e secas para dentro, estive a ponto de jogar fora, mas não sei por que não joguei. Ficaram por aí, sobre o baú que usávamos como mesa de centro, em meio aos livros e papéis. E acabaram se incorporando aos nossos itens domésticos. Objeto de decoração, dos poucos que tínhamos.

Lembro de um dia em que John apareceu para uma visita, ele sempre aparecia sem avisar. Abrimos uma garrafa de vinho. Ele se sentou no sofá, pegou aquele ramalhete de flores secas, olhou para mim, sorriu (quando sorria era com o rosto todo e os olhos quase desapareciam entre as pálpebras). Não sei por que ele achou que era coisa minha, mas achou.

Elas ainda estão sobre o baú que ainda faz as vezes de mesa de centro. Uma delicadeza que nos prometia o quê, André? Você sabe que sempre desconfiei da palavra delicadeza. Ela esconde coisas. Quando é que o delicado é brando, terno, sutil, suave, quando é que é frágil, débil, suscetível, vulnerável?

Então, voltemos às flores, digamos não delicadeza mas desvelo. Não sei: uma forma de cuidar. Uma forma de atenção. Ou então não digamos nada e deixemos as flores serem flores, talvez? Assim como você sugeria que deixássemos os vulcões serem vulcões?

E, no entanto, se eu abaixar a cabeça, que seja para um ramalhete de flores secas.

Elas continuam sobre a mesa de centro, já com textura de palha, sem uma beleza particular, amarradas por uma folhinha comprida e também seca. Parece-me tão estranho que tenham ficado aqui, que tenham vazado de outra vida, quase. Depois que você foi embora.

Você em algum momento achou que isso fosse acontecer, que isso pudesse acontecer? E dessa forma?

Acho que seria correto dizer que, oficialmente, as coisas começaram entre nós dois no dia em que atravessamos a baía de Guanabara. Lá atrás. O ano era 1990. Tomamos a barca no Rio, rumo a Niterói. Você tinha ganhado um disco numa promoção da rádio Fluminense FM. Íamos buscar.

Eu, aos vinte anos de idade, arriscando mais uma visita ao Rio, quatro anos depois daquelas férias com David Bowie e cachaça. Sabia que não encontraria Isabel, porque ela havia tomado outros rumos. O que me convinha, me trazia uma espécie de alívio.

A senhora ao nosso lado, na barca, cantava baixinho, acho que era um ponto de Iemanjá. Repetiu tantas e tantas vezes. Eu e você ficamos escutando. Pescador pegou o veleiro e foi pescar no reino de Iemanjá, barquinho voltou sozinho... sereia levou pescador para o fundo do mar.

Uma vez uma vizinha me disse que eu era filho de Iemanjá, você me contou. Nossa vizinha Ágata. No outro apartamento.

Filho de Iemanjá, eu disse. E o que caracteriza um filho de Iemanjá?

Tenho medo de saber, você riu.

E a senhorinha ao nosso lado, de branco, mais miúda que uma criança, cantava. Barquinho voltou sozinho, sereia levou pescador para o fundo do mar, ela cantava.

Àquela altura, como você certamente se lembra, Isabel já se desgarrava por aí nas viagens que acabariam por levá-la a pipocar por meio planeta — e você sabe que digo isto sem emitir opinião. Não me diz respeito se ela era, como decretava sua mãe, instável, inconstante. Mas é que Isabel mudava de emprego, de lugar, de parceiro mais vezes do que as que o senso comum considerava aceitáveis, e caía na malha fina da opinião pública.

Mas eu pensava, seria necessariamente uma coisa ruim, isso? A pessoa ser instável e inconstante? Também nunca me disse respeito se com o tempo ela acabou se metendo em situações um tanto arriscadas. Na verdade, eu talvez tivesse era alguma amargura. Alguma inveja, porque ela era o que eu mais conseguia aproximar daquela definição tão airosa de espírito livre (apesar do Boi Babento original). Quem não quer ser um desses, caramba?

Saiu cedo de casa num país em que a gente se agarra às famílias como uvas num cachinho. Dos nossos conhecidos, quase ninguém saía cedo de casa, a não ser por necessidade. E quando saía, e não era por necessidade, a pergunta geral, muito desconcertada: mas por quê, então? Houve algum problema, desentenderam-se?

Ela também deu um jeito de ir estudar noutro estado. Mesmo nas férias encontrava coisas muito mais interessantes e pitorescas para fazer do que voltar para a casa de sua mãe e Jonas, para o quartinho no apartamento no Flamengo, para a cama ao lado da cama vazia. Para a vida que talvez parecesse mortalmente previsível — as óperas do meu pai, as caipirinhas nos fins de semana, a rotina que se estabelece nem se sabe como, os mesmos comentários queixosos sobre o estado das coisas e a mesma resignação ante o estado das coisas. Será que era assim que ela pensava, André? Isabel, quem era, quem é? Será que sabemos?

Dos guaranis no estado do Rio, que se dedicou a estudar logo no início, ela passaria em poucos anos aos ianomâmis no norte da Amazônia. E depois, como se não bastasse uma Amazônia, iria para mais longe. E se ameaçassem botá-la na cadeia por causa do seu trabalho, como mais tarde ela me contou que aconteceu um par de vezes, que assim fosse.

Mas talvez tudo não passasse mesmo daquela diáspora que já cogitei, nós três em rota de fuga, tropeçando nos nossos próprios passos enquanto fugíamos.

Fuga, em música, não é um tipo de composição em que uma melodia fica perseguindo a si mesma? Uma mesma melodia sempre se afastando e sempre se alcançando?

Você ainda pensa muito no Mauro?

Sua pergunta veio sem preâmbulos, numa conversa que tivemos alguns dias depois da minha chegada ao Rio, naquela segunda visita. Outro você, dezoito anos de idade. Onde é que se escondia no menino de antes eu não sabia.

Lavava seus pincéis no tanque da área de serviço. Agora havia pinturas, além dos desenhos. Eu estava encostada nos azulejos frescos da parede, observando as suas mãos nas cerdas dos pincéis. Havia um desvelo tranquilo no seu trabalho. Era evidente que você lavava os pincéis com cuidado, mas sem pensar demais no assunto. Amor e hábito.

Não penso muito, respondi, surpresa com a minha própria sinceridade.

Você não olhou para mim. Continuou lavando os pincéis. A água escorria tingida de azul para o ralo da pia. Tingida de verde. Tingida de púrpura.

Não penso muito, hoje em dia, repeti. Não acha estranho? Quando uma coisa dessas acontece, tudo é de um tamanho que parece que vai esmagar você para sempre, uma chave de braço que passou a fazer parte do seu corpo, e a cada minuto você precisa se lembrar e se convencer de que o que aconteceu aconteceu mesmo. Então um dia, e você não sabe como foi que chegou até ali, já não pensa mais tanto no assunto. E quando pensa o assunto passou a fazer parte da sua vida, da sua história. É um problema que você não vai conseguir resolver nunca. Uma contradição que acata, que aceita. É assim que a gente cumpre o luto, talvez.

Ruído da água caindo no fundo do tanque. Alguém cantarolava qualquer coisa num apartamento vizinho. Cheiro de cigarro.

Você colocou os pincéis com o cabo para baixo dentro de uma lata vazia. Lembro-me disso. Ficaram espetados ali como homenzinhos magros e assustados.

Não sei se é assim que a gente cumpre o luto, pensando bem, eu disse. Será que a gente só faz mesmo é tentar esquecer a pessoa que morreu, para continuar vivendo? Tirar da pessoa a importância que ela teve para nós.

Não, você disse. Tenho certeza de que não é isso.

Não tenho essa certeza toda.

Escuta, você disse, finalmente olhando para mim. Ganhei um disco numa promoção da rádio Fluminense. Estava pensando em ir hoje até Niterói buscar. Você quer vir comigo? Podemos pegar a barca.

Na saída da rádio, com o LP debaixo do braço, paramos numa padaria. Tínhamos fome. Compramos um pacote de biscoitos doces e duas latas de cerveja para acompanhar.

Havia um par de mesas a um canto. Sentamos numa delas. Estava meio bamba, a mesa, eu me lembro tão bem. Você se abaixou e colocou um guardanapo de papel dobrado embaixo do pé mais curto.

André, eu disse, você se lembra daquele dia, no quarto da Isabel, na última vez que vim ao Rio? Já faz um bom tempo da última vez que vim ao Rio.

Quatro anos, você disse.

Muito tempo.

Estava tocando David Bowie no rádio, não estava?, você perguntou.

É. Eu e Isabel estávamos ouvindo música e bebendo cachaça. Não sei se você se lembra dos detalhes.

Ainda escuto muito aquele disco, você disse. Acho excelente.

Eu ia acrescentar qualquer coisa. Explicação, justificativa. Do que tinha havido entre mim e Isabel naquela ocasião, e de que você estava inteiramente a par. Acabei não dizendo mais nada. Não sei o que havia para dizer.

Em vez disso começamos a falar de música, demos um jeito de remover Isabel do cenário e deixar apenas Bowie. Conversamos sobre o disco, sobre as faixas de que mais gostávamos — "Modern Love", é claro, além da faixa-título, "Let's Dance", e de "Cat People (Putting Out Fire)" —, sobre a presença da guitarra de Stevie Ray Vaughan. Sobre os dois discos desenxabidos que Bowie lançou em seguida e que ele próprio haveria de renegar, chamando-os de "seus anos de Phil Collins".

Para mim nós fomos uma surpresa, eu e você. As nossas expectativas, tão baixas, tão poucas, como veríamos. Qualquer coisa agradava. Como era fácil a vida, simplesmente porque era. Não havia planos, nós dois não almejávamos conquistar nada nem ser ninguém, não havia nenhum futuro comprometendo o nosso presente.

Descobrimos isso em comum, uma espécie de modéstia, não sei. Bastava a felicidade revolucionária de um LP grátis, de uma tarde do outro lado da baía bebendo cerveja e comendo biscoitos doces, principalmente porque cerveja e biscoitos doces não combinavam em nada. Nós dois numa padaria, conversando sobre os assuntos caros aos nossos dezoito, vinte anos, e descobrindo que nos interessava ficar absortos um no outro. Ao modo dos nossos dezoito, vinte anos.

De vez em quando alguém entrava na padaria, comprava um maço de cigarro, um saco de leite ou meia dúzia de pães, duas meninas compraram picolés de fruta. Em seguida a moça voltava a folhear sua revista atrás do balcão.

Ninguém prestava atenção em nós dois. É surpreendente que tenhamos conseguido preservar por tanto tempo, por tantos anos, aquela pureza de que nem nos dávamos conta. Foi como se as décadas seguintes nada mais fossem do que uma extensão daquela conversa, daquela alegria, daquele desejo incipiente. Que privilégio, não, André?

Perguntei da sua pintura. Se você pretendia ser pintor, desenhista, artista. Essas coisas. Seguir com a carreira.

Não, você disse. De jeito nenhum.

A resposta me surpreendeu.

Depois veio a pergunta que eu nem sabia que encerrava tanta coisa: a faculdade, você me perguntou. Biologia, não é? Que tal, está gostando? Tenho curiosidade, talvez eu pudesse ser um bom biólogo.

O ponto de Iemanjá na memória, de tanto que tínhamos ouvido às vezes cantávamos. Pescador pegou o veleiro e foi pescar no reino de Iemanjá.

Pensando bem, André, fazia todo sentido levar para casa, mais de duas décadas depois, florezinhas secas catadas no deserto de Rangipo e amarradas com uma folha comprida. Deixá-las por ali, em seu ornamental modesto. Entre nós, fazia todo sentido. *You're invisible now, you've got no secrets to conceal.*

Nenhum segredo a ocultar. Confere?

Mas não eram modestas, verdade seja dita, as pinturas que você estava fazendo naquela época do LP grátis e das cervejas com biscoitos doces. Havia uma fúria nelas. Eram uns quadrados de tela que você prendia com tachinhas numa base de aglomerado apoiada na parede do seu quarto enquanto secavam. Tinta acrílica, por causa do cheiro, mas porque secava mais depressa. Você queria que a tinta secasse depressa.

Observei longamente, assim que tive oportunidade, as telas esticadas, sobre as quais uns grumos espessos de tinta tinham sido aplicados. As figuras representadas ali quase pulavam da bidimensionalidade e ganhavam relevo. Eram corpos, ainda. Mas eu não sabia dizer se animais, pessoas, seres híbridos. Também não sabia dizer se os achava bonitos ou feios. Aquelas figuras me colocavam em xeque.

Havia uma que se assemelhava a uma cabeça humana, mas não tinha boca, aquela especificamente me pareceu aterradora. Eu olhava para ela e me sentia num sonho do qual quisesse acordar mas não conseguisse. Você mencionou Francis Bacon. Eu não sabia quem era. Você foi buscar um livro para me mostrar (esse ademais foi um dos poucos livros de arte que você trouxe para cá e que ainda está aqui, na estante, como uma reflexão tardia sua).

Mas de modo geral eu não tinha a sensação do grotesco, quando olhava para as suas pinturas. Era, de fato, uma indefinição. E eu me perguntava se era um problema, isso, em termos de arte: se era necessário tomar partido. Explique-me, mais ou menos, o que é que você quer que eu veja nisso! Segure-me pela mão (ou me dê um empurrão às costas, ou ponha o pé no meu caminho para que eu tropece), me dê uma indicação qualquer! E nada. Mas eu não entendia de arte, de modo que o problema devia estar em mim.

Fosse como fosse, eu observava as suas pinturas e adivinhava você trabalhando nelas, André. Eram imensas impressões digitais suas.

Uma vez entrei no seu quarto, um par de dias depois de chegar, num momento em que você não estava em casa. O fascínio do proibido. Fiquei olhando para as telas na base de aglomerado, e para as outras, espalhadas aqui e ali, jogadas sobre a cama extra. Marcas da sua intimidade. Seu quarto com tão poucos objetos, você nunca foi uma pessoa de muitos objetos.

Fiquei olhando para as suas pinturas, pensei em você, nas suas mãos, nos seus braços, no seu corpo. Já estava pensando, quando me dei conta. Porque, ao chegar no Rio de viagem, quem apareceu na sala para me dizer oi não foi aquele garoto imberbe que eu tinha na memória, mas outra pessoa. Uma pessoa interessante.

Deitei-me na sua cama, no seu colchão, e pela primeira vez pensei em sexo com você, o que me surpreendeu. Desejei você. O que me surpreendeu.

Foi fascinante, é claro. Ainda tenho a pintura que fez ao longo daquele mês e me deu de presente. Era uma figura azulada que parecia ter asas, quase um pássaro, mas os seios eram de mulher e o sexo era de mulher. As pernas estavam fechadas, mas ainda assim o sexo aparecia. Não se disfarçava. E as bordas da figura se misturavam com o fundo, como se as fronteiras entre ela e o resto não estivessem bem definidas, e as duas coisas se interpenetrassem. Como se a figura estivesse no processo de se fazer ou se desfazer, com os átomos todos esvoaçando ao seu redor, ainda incertos sobre que lugar ocupar.

A pintura, a sua pintura, a que chamei de imodesta, sem querer com isso tachá-la de pretensiosa – e a diferença talvez seja sutil –, depois de alguns anos você acabou abandonando. Dizia que tinha tido o seu tempo e cumprido a sua função. Você se tornou biólogo, como eu. Bem verdade que às vezes desenhava seus objetos de estudo, assim como quem não quer nada, mas não havia um objetivo nisso, era um cacoete, você dizia. Como assobiar ao lavar panelas, algo assim.

A música, por outro lado, a música esteve conosco sempre. Antes de dormir às vezes ficávamos deitados escutando música, um hábito que nos acompanhou por todos os muitos anos da nossa vida juntos. E a nossa felicidade passeava pelas esquinas da casa, pelas paredes, pelos armários onde se dobrava e se pendurava o duradouro.

Você de vez em quando mencionava a época em que, adolescente, colecionava os fascículos da *Enciclopédia do Rock*, semana a semana, comprados em banca de jornal (ao fim comprava-se a capa dura e se mandava encadernar, eu me lembro, embora não tenha colecionado os fascículos porque sempre fui péssima colecionadora). Você lia os verbetes, estudava os verbetes, ficava sabendo quem tinha influenciado quem e quais eram os discos essenciais dessa ou daquela banda. E depois era procurar os colegas de escola ou os irmãos e irmãs mais velhos dos colegas de escola que tivessem discotecas do seu interesse. Fitas cassete aos montes. De vez em quando a delícia de comprar um LP para a sua coleção. Mais rara a delícia de comprar um LP importado para a sua coleção, naquela loja numa galeria no Catete. Foi numa de nossas noites aqui na Te Awe Awe que você me contou do vendedor dessa loja, um senhor de seus quarenta anos que, segundo você, conhecia todos os discos importantes do mundo. Que sabia comentar com pormenores uma raridade como o disco solo do baixista do Yes — coisas assim. Nesse dia ouvíamos, não sei ao certo, acho que ouvíamos o seu adorado Leonard Cohen. E ali já estávamos com os dias contados.

Fazíamos planos de ir ao cabo Reinga, nessa noite, você se lembra? Te Rerenga Wairua. O ponto mais ao norte da ilha Norte. Nunca fomos, não deu tempo.

As águas normalmente calmas da baía de Guanabara atraíram surfistas excitados com a perspectiva de ondas de seis metros, ressaca no Rio de Janeiro. O mar de Iemanjá engoliu as faixas de areia em muitas praias e chegou a calçadas e pistas.

Um ciclone extratropical, ouvimos falar. Aos pés do Pão de Açúcar, a Besta era a estrela mais rara, onda poderosa que só aparecia em condições especiais, uma prima-dona dessas cheias de exigências e caprichos. Quebrava perto da ilha do forte Tamandaré, sobre a laje de sete metros de profundidade conhecida como Laje da Besta.

Eu e você andávamos um à espreita do outro desde o dia das cervejas com biscoitos doces. Não tínhamos a sem-cerimônia dos bichos, infelizmente, mas andávamos à espreita.

Saímos a pé para ver as ondas que nunca víamos por ali, que eram privilégio das praias oceânicas. Que atração terrível essas coisas exercem sobre a gente. Quando digo a gente, estou me referindo a todos nós, André, aos surfistas (que nunca fomos) e ao resto. A natureza ali escancarando suas águas, a gente assombrado.

Eu pensando nas águas tranquilas e cloradas que tinham acabado com a vida do Mauro — tão frágeis que somos, não? E aqueles surfistas em busca da Besta da baía de Guanabara, dispostos a empenhar a própria vida nisso.

Depois lemos o depoimento de um deles dizendo que era como se toda a força do mar se concentrasse ali, na entrada da baía, e inchasse naquele monstro bissexto. Isso porque, sendo grande a profundidade do mar aberto lá fora — trinta metros —, a onda não se deixava perceber. Ao penetrar na baía, ela se comprimia, até por fim topar com a laje e corcovear feito um bicho. A onda mais pesada da costa brasileira, diziam os surfistas.

Queríamos chegar perto do mar e fugir dele ao mesmo tempo. Sentir a espuma sobre os nossos braços e na nossa cara e por um instante achar que uma onda ia lamber mais uma vez o asfalto — que em alguns pontos parecia uma lagoa — e carregar com a gente, bem ali na normalmente inofensiva enseada de Botafogo.

Houve um momento em que uma onda mais forte explodiu ao nosso lado. Bem ao nosso lado. Instintivamente, recuei alguns passos. Ao olhar para você, vi que permanecia no mesmo lugar, e só o que fez foi fechar os olhos. Pescador pegou o veleiro e foi pescar no reino de Iemanjá.

Você quer ir ver o mar?, tinha sido o seu convite, mais cedo.

Eu queria.
Guardávamos distância, ainda. Uma distância mais inepta do que respeitosa. A cidade comovida com aquele espetáculo. Transtornada. Fascinada, toda surfistas em busca da Besta. Mas bastou eu sentir frio em algum momento e você me perguntar se eu estava com frio ou constatar que eu estava com frio e passar o braço direito em torno da minha cintura. Não foi um gesto protetor, foi um gesto acolhedor. Você percebe a diferença?
Estávamos lado a lado, de frente para o mar. Descomplicado o seu gesto: aproximar o corpo, passar o braço por trás da minha cintura. O mar lá, encenando seu drama, e a sua mão se acomodando na curva do meu quadril. Só isso. E o meu corpo se chegando para o seu. Sua mão se familiarizando com a curva do meu quadril, sem muita reserva. Um pedaço de pano entre a sua pele e a minha.
E naquele buraco de tempo que se cavou ali, feito o mar sugando as próprias águas nos preparativos de uma nova onda que vai engordando lá atrás, a sua mão subiu pela minha cintura até o meu ombro e dali até a nuca, e os dedos se embrenharam por baixo do meu cabelo. Sentir as pontas dos seus dedos nas raízes dos fios do meu cabelo, André. Sentir todos os pontos de contato do meu corpo com o seu, cada um deles. Sentir a emoção daquele quase, daquele antes.
Lembrávamos com frequência desse momento, mais tarde. Nosso momento-mascote, o toque inaugural. Falávamos dele com a estranha nostalgia de um instante paradoxal, fascinante por aquilo que ainda não é. Pelo que desejamos que seja e nos comove nesse estranho estado de latência. Cumpri-lo é desfazê-lo, necessariamente, não? Realizá-lo, torná-lo real, é arruiná-lo?
Lembro: virar o rosto na direção do seu. A minha boca a meio centímetro da sua. O seu hálito que eu não conhecia. Primeira intimidade entre nós, o hálito, a respiração, o ar. Quase nada e quase tudo.
Não houve timidez nem cerimônia: estávamos ensaiando, mas sabíamos bastante bem aonde queríamos chegar. O desejo era um motor ligado debaixo da pele, pronto, completamente pronto e azeitado e funcionando bem.
Era um desejo sério, adulto, apesar da nossa pouca idade. A sua mão no meu corpo tinha peso, tinha ossos e músculos, estava quente

apesar do frio. A sua mão era sólida, grande — o tamanho das suas mãos sempre me impressionou.

Mas você também tem mãos grandes, você me dizia.

Mas você tem esse polegar num ângulo diferente, mais para o lado, eu dizia. Que faz com que elas pareçam ainda maiores.

E logo descobri que havia um prazer imenso em passar a língua num lugar específico dos seus braços, um pequeno vale entre dois músculos. O que é o seu prazer e o meu prazer, qual é o ponto que os separa?

Não estava previsto, estava, André? Que eu e você tivéssemos o mundo à nossa disposição, e nada mais a fazer além de ocupá-lo? Que curioso.

Quanta coincidência, eu diria, em algum momento.

Não foi coincidência, você responderia. Eu estava esperando que você voltasse. Puta merda, Vanessa. Como demorou.

E hoje pensar nisso me comove tanto, André. Nós dois, duas crianças ainda, não? A relevância daqueles anos. A relevância, a intensidade, a inocência. Parece realmente um milagre que tenhamos conseguido nos proteger por tanto tempo. Quase como se tivéssemos cristalizado aquele momento, fotografado aquele momento, para vivê-lo sempre, para empunhá-lo contra a brutalidade do mundo ao nosso redor.

5

Eu queria saber se seríamos tenazes antes da extinção. Como os animais que nos interessava estudar. As aves que sobrevoavam Pacíficos. O bicho obedecia ao instinto enquanto nós tentaríamos encontrar motivos e justificativas, tratando-se da nossa vida humana.

A questão, existir, continuar existindo, enquanto possível. Contradição, claro. Existir para existir? Mas o nó era só dentro da gente. O *kuaka* não dava a mínima. Sim, existir para existir, obviamente. E transmitir os genes para as futuras gerações. Que também vão existir para existir.

Um dia, você me falou: os bichos. A gente se separa deles. Não gostamos de pensar em nós mesmos como animais. E nesse processo, como não os entendemos bem, acabamos por aproximá-los mais dos objetos inanimados do que de nós mesmos. E nesse ponto eles passam a ficar à nossa mercê. Esse outro tão outro. Não sei, Vanessa. Acho que essa é a última fronteira moral. No dia em que conseguirmos tratar os bichos com dignidade, tenho a impressão de que já teremos resolvido quase todas as nossas contradições.

Você se lembra, André, de quando me disse isso? Esse pequeno discurso seu. Nunca eram inflamados, os seus discursos, e nunca eram longos. Em geral você logo mudava de assunto, para que a coisa não resvalasse para a solenidade. E não havia nada que detestasse mais do que causar nos outros a impressão de ser um comedor de alface apregoando salvem as baleias. Você só queria que a gente pudesse entendê-los um pouco mais. Entender os bichos um pouco mais. Para melhor deixá-los em paz.

Esse outro com que compartilhamos um reino. Animalia. Esponjas, minhocas, o extinto bisão-das-estepes, *kuakas*, porcos, seres humanos, insetos. O bicho, esse outro tão irmão e tão outro.

* * *

    Quando você foi viver comigo em Vitória de Santo Antão, nós dois alunos da Federal de Pernambuco, nosso país protagonizava outra época de desesperança pública acabrunhante. Você certamente não terá esquecido isso.
    A história do país pautada, ao longo de toda a nossa vida, por falência, por esforço, por nova falência, por mais esforço. Uma espécie de interminável reconstrução. Termos nascido debaixo de uma ditadura militar e passado toda a infância e um pedaço da adolescência aí, até as eleições de 1985. Depois veio a nova Constituição, lembra dos anúncios que começaram a pipocar na tevê com o fim da censura? Gente seminua, depois gente nua. Tinha um, lembra?, de um bronzeador. Eu ria adoidado ao ver uns caras de costas, inteiramente nus, balançando a bunda. Dava para ver o saco deles por baixo.
    Tanto mando e desmando, e tanta resiliência. Nossos tempos quase sempre um sertão. O Brasil se aprumava, logo vinha mais um tombo.
    Quando começamos a viver juntos, os números oficiais do país eram história de terror, inflação passando dos dois mil por cento ao ano. Aquelas remarcações diárias de preços. A gente precisava comprar um sapato ou outra coisa qualquer, um liquidificador, perguntava o preço, a vendedora dizia, e a gente então perguntava até quando? Em geral era até o final daquela tarde ou, com sorte, até a manhã seguinte.
    Mas não era por aquela desesperança, aquela humilhação da vida cotidiana, que você e eu metíamos a cabeça nos estudos. Também não era por princípios: era por amor. Fascinava-nos, justamente, o mundo daqueles outros tão outros. A experiência de vida de um polvo, André?
    As pessoas tão ensimesmadas, tão obcecadas pelo humano. Isso nos aborrecia. Nós dois fascinados por poríferos e cnidários, pelos vulneráveis tamanduá-bandeira e tigre-de-bengala e atum-azul. Pela ararajuba e o diabo da Tasmânia e o kakapo neozelandês, o papagaio mocho.
    Um milhão de espécies a menos até 2050? Céus. O preço da nossa arrogância. Não que em algum momento nós dois tenhamos nos sentido um par de iluminados em meio à cegueira geral, claro que não. Era simplesmente amor. Essas coisas não se explicam.

Não se explica a emoção de pisar pela primeira vez, quando chegamos aqui, há alguns anos, a areia daquela imensa faixa que bordeja o mar da Tasmânia: lá estavam elas.
Vanessa, lá estão as nossas aves. Lá estão elas.
Tanto que tínhamos lido, pesquisado, estudado, e lá estavam elas, o longo bico pontudo, a total indiferença ante o que nós dois ou qualquer outro pesquisador do mundo pensasse a seu respeito. Nossa tecnologia para medir seus voos. Nossos transmissores, nossos mapas, nossos relatórios, nossos artigos, nossos congressos internacionais. As *National Geographics* estampando os seus recordes transpacíficos. Lá estavam elas, bichos bichos.

Em Foxton, acompanhando a chegada do *kuaka* após seu longo voo até o estuário do Manawatū, eu e você sabíamos: o risco que a subida do nível dos mares em consequência do aquecimento global (mais a ocupação das áreas costeiras pela construção civil ou pela agricultura) representava também aos milhões de aves migratórias entre a Sibéria, a Ásia tropical e a Nova Zelândia. Aquele estudo do National Environment Programme australiano, que foi o que nos trouxe até aqui, previa que uma perda de vinte a quarenta por cento das principais áreas de alimentação dessas aves migratórias poderia levar a um declínio populacional na casa dos setenta por cento. O estudo demonstrava que nos últimos cinquenta anos a perda dessas áreas úmidas costeiras ultrapassou a casa dos quarenta por cento no Japão, dos cinquenta na China, dos sessenta na Coreia do Sul, dos setenta em Cingapura. E quem dera esses números fossem impessoais como os números às vezes podem ser. Quem dera fossem só aritmética ou regra de três.
Você se lembra também daquele estudo pós-conferência da Convenção de Ramsar em 2012: desde o início do século XVIII, a perda ou conversão de áreas úmidas no mundo ficou entre cinquenta e oitenta e sete por cento.
Mais números, mais números, André. Esses números que entravam na nossa corrente sanguínea. Acompanhávamos a chegada do *kuaka* à Nova Zelândia e pensávamos, em silêncio: números. E

pensávamos, em silêncio, naquele nosso novo silêncio austral: quanto tempo, ainda? E o rio Manawatū se abrindo sobre o mar da Tasmânia.

Você só queria que a gente pudesse entendê-los um pouco mais. Entender os bichos um pouco mais. Para melhor deixá-los em paz. Deixar alguma coisa em paz, André: que mito. Que maneira mais ridícula de superestimar a nós mesmos.

Bem-vindo a Pernambuco, eu te disse, quando você desceu do ônibus, você e sua mochila espartana, seu cabelo um pouco mais crescido, uma camisa simples de botão que devia ter vestido logo antes de chegar porque cheirava bem, cheirava a sabão em pó. Eu tinha ido te buscar no Recife com o meu Gol BX que trepidava feito o capeta. Que carro horrível e útil, aquele. Cinquenta quilômetros até Vitória. Bem-vindo, eu te disse.

Você me abraçou.

Fez boa viagem?

Você me disse que sim. Que tinha dormido bastante. Que tinha conversado, num dado momento, numa das paradas do ônibus, com um senhor que era enxadrista profissional.

Vanessa, você me disse.

Parou num canto da rodoviária, meteu a cara no meu cabelo — eu usava comprido àquela época, você lembra? Meu cabelo que crescia em cachos pretos para todo lado.

Vanessa, você me disse. Vanessa.

Bem-vindo, André.

Viver décadas com alguém. Ao final de um tempo os corpos e as almas já se conhecem de tal maneira que parece quase injusto continuar juntos, você não acha?

Tivemos os nossos outros corpos e as nossas outras almas aqui e ali, gente que passou pela nossa vida ao longo das duas décadas e pouco que compartilhamos, mas no final das contas éramos mesmo nós dois. Você e eu. E as coisas que conhecíamos um no outro, que reconhecíamos.

À luz branda do crepúsculo, tudo era ainda mais estranho e curioso. Quando viemos viver aqui neste lugar que as pessoas chamam de fim do mundo, mas que para nós dois era o começo do mundo, nos fascinou também a luz.

A primeira vez que estivemos no mar da Tasmânia, aquela luz branda do crepúsculo, um final de verão de se vestir casaco. Sol se pondo com drama e ao mesmo tempo de um jeito desafetado, acho que você sabe o que eu quero dizer. O espetáculo era para poucos. Lembra daquela época em que as pessoas aplaudiam o pôr do sol do alto da pedra do Arpoador, no Rio? Era uma tradição que me deixava sempre entre a emoção e o constrangimento. Não sei se ainda fazem isso. Faz tempo que não sei do Rio com a intimidade de quem mora lá. Muito tempo.

Pois na praia de Foxton não havia público para tanto. O sol tocou o horizonte, naquela nossa primeira tarde, o corpo ainda confuso com a violência da viagem.

Um sol que já não há, se pondo sobre um horizonte que não existe, você disse.

Eu não estava acostumada a pensar nesses termos, apesar de toda a ciência. O nosso sol sobre o mar da Tasmânia, o sol dos cariocas ali junto ao morro Dois Irmãos e à Pedra da Gávea: fenômeno ótico. O sol de verdade já não era mais visível àquela hora, já tinha resvalado para baixo do horizonte. Que, ademais, era só uma linha aparente.

Você pegou a câmera fotográfica, tirou algumas fotos daquele primeiro pôr do sol nosso diante do mar da Tasmânia.

Lembro que tirou uma foto de que gostei muito, você se lembra daquela foto do capim? O capim açoitado pelo vento, nas dunas, diante do mar da Tasmânia. O mar aparece desfocado ao fundo, com seus barcos piratas, seus baleeiros extraviados, e me parece que a imensidão daquelas folhas importa mais que a história e a mitologia das águas.

Deixei você ali fotografando, fui molhar os pés no mar. Pescador pegou o veleiro e foi pescar no reino de Iemanjá.

Ventava bastante. Meu cabelo e suas ondas agora mais curtos, mas o vento os apalpava, remexia neles. Soprava a minha saia para o lado. Metia-se por dentro do meu casaco.

Que lindo era. Que linda aquela ficção, sol se pondo. E me pareceu, não sei, me pareceu ver tanta esperança naquilo. A tenacidade antes da extinção.

Paramos num restaurante, ainda não conhecíamos nada, foi no Simply Balmy, você se lembra? Além de nós dois havia um grupo de seis ou sete senhoras numa outra mesa, tomando vinho branco e conversando animadamente.

Mais tarde, você fez o que sabia. Você sabia muitas coisas. Na cama da casa na rua Te Awe Awe — essa casa, essa cama.

Uma das coisas que você sabia. Molhar o dedo de saliva. Na sua própria boca, às vezes na minha. Roçá-lo no bico do meu peito, depois de tirar a minha roupa.

E não era só esse roçar, não era só esse atrito. Era o tempo. O tempo que você empenhava nisso. Como acho que se esquecia até do resto do meu corpo, dos nossos sexos cada vez mais úmidos e duros. Por um longo tempo havia só aquele roçar do dedo molhado de saliva, nada mais. E tudo o que eu era e sentia migrava àquele ponto particular do meu corpo. E você continuava, a ponta do dedo, a ponta molhada do dedo.

Viver décadas com alguém. A pressa fica caída em algum lugar do caminho, em algum canto, e é bom que seja assim. Um tormento, a pressa, não?

Estivemos em alguns lugares, e acho que a pressa foi ficando por aí, um pedaço em cada um deles. Os lugares pelos quais passamos, não muitos, até vir, transpacíficos, fuselos, aterrissar nesta ilha.

Tanto sol que já não existe sumindo atrás de horizonte que não há, tanta beira de mar ou rio, tanto bicho de floresta ou oceano ou sertão. Mas o primeiro lugar foi aquele pequeno apartamento que dividíamos em Vitória de Santo Antão e cujo aluguel pagávamos juntando uma coisa aqui e outra ali — aulas particulares para adolescentes que não conseguiam meter a biologia e a química dentro da cabeça, mas até aulas de matemática e de português nós demos — e bolsas de pesquisa, ajuda de algum parente de vez em quando. Um lugarzinho de nada, que amávamos com vontade.

Você chegou com sua mochila, a camisa cheirando a sabão em pó. Trazia livros e discos em duas caixas. Roupas numa bolsa pequena de viagem. Um casaco na mão. E quando revisito essas memórias nem sei o quanto há de ficção nelas, pôr do sol num horizonte marinho, mas que importância tem?

Quando revisito essas memórias.

O sol sobre o Rio de Janeiro no domingo da festa de aniversário no clube. Aquele sol violento, bárbaro. Nós mais do que acostumados, claro. Nós que tínhamos nascido e crescido ali, habituados a varar aqueles infalíveis novembros, dezembros, janeiros e fevereiros de sol indecente, acostumados a varar as chuvas de março, o calendário das estações no código genético. Um friozinho qualquer em julho e já estávamos outra vez loucos pelos excessos do verão, pelo lúbrico de tirar a roupa outra vez para aquele sol imoderado. Você notou a quantidade de adjetivos que acabo de usar? Céus.

Quando revisito essas memórias.

O sol se pondo sobre uma linha de horizonte marinho, com público aplaudindo ou não. O sol se pondo naquele exato dia, ao fim daquele domingo de festa de aniversário no clube, aquele domingo de Todos os Santos. Um a mais, um a menos. O sol se pondo como se nada. Como se nem. Pois é, morreu um menino, outros nasceram, vocês que amam ficções inventem mais uma para gerenciar isso.

Inventamos. Gerenciamos.

Deixamos os adjetivos dobrados sobre a cadeira junto com as nossas roupas, ao fim do dia.

Bem-vindo a Pernambuco.

Sentir o seu gosto outra vez, quando você chegou, para habitar o nosso primeiro apartamento compartilhado. Nossos vinte e poucos anos, nossos estudos, nosso empenho e nosso amor. O salgado da sua pele. Minha língua na sua boca, nas suas coxas, nos seus braços. Minha língua na parte interna das suas coxas, buscando um calor ainda mais intenso ali.

André.

André, André, você sabe o que eu vou fazer agora. Você sabe, não sabe?

Nossas narrações. Gostávamos de narrar o nosso sexo. Ao longo dos meses e dos anos fomos nos aprimorando nisso. Encontrávamos palavras malditas — era como você tinha acabado por denominá-las. Nossas palavras malditas. Aquela impureza em que não havia insulto. O nosso prazer amorosamente corrompido. Gostávamos de narrar o nosso sexo, as formas que tínhamos de cansar um ao outro.

Sentir o seu gosto outra vez, quando você chegou. Depois dos nossos encontros desencontrados até ali, a gente dando um jeito de se ver como era possível e quando era possível depois da Besta da baía de Guanabara.

Passar tanto tempo aprimorando isso, como sentir o gosto do seu corpo, passar tanto tempo me habituando a ele. A minha boca buscando protuberâncias, você duro, duro, o meu dedo buscando o orifício que eu primeiro umedecia com a língua, que eu sentia com a língua, que eu penetrava com a língua. O meu corpo, com tudo o que havia nele, curva, osso, músculo, víscera, debruçado sobre o seu, curva, osso, músculo, víscera. Glândula, líquido. Uma música — acelerar o tempo, desacelerar. Tanto sol que já não existe sumindo atrás de horizonte que não há.

Inventamos. Gerenciamos.

Sua língua entre os meus lábios, boca, entre os meus lábios, pernas. Minha calcinha você puxava com a mão, às vezes puxava com certa força, eu sentia o tecido quase me cortando.

Sabe quantas calcinhas minhas você já estragou fazendo isso?, eu disse uma vez. Depois elas ficam largas demais, acabo tendo que jogar fora.

Você quer que eu não faça mais?

Não, não é isso. Não é que eu não queira. Mas sabe quantas eu já tive que jogar fora?

Mas você não quer que eu pare.

Não, eu não quero que você pare.

Eu sentia o tecido quase me cortando. Quase. Ao mesmo tempo nua e vestida. Um pedaço de algodão me tapando, me destapando. Sua língua nos meus lábios, você sabe o que eu vou fazer agora, não sabe?

E eu não queria que você fizesse, não queria que a sua língua chegasse ao meu ponto mais sensível, ali onde os lábios se encontram ou se separam. Não queria, porque o desejo ia acabar se cumprindo no gozo e rematar uma travessia que eu não queria que terminasse.

Eu queria uma tarde transpacífica, André, embora ainda nem conhecesse o nosso futuro *kuaka*. Queria o ir e vir entre uma Sibéria e uma Aotearoa, queria não chegar.

Queria, André, o amor.

No café da manhã, nos pés nus na cozinha, na roupa que desliza da cama ao tapete, na forma de trazer o abajur um pouco mais para perto, para ler na cama. No gesto de fechar suavemente a porta ao sair do quarto. No gesto de colocar uma almofada vermelha enorme contra a porta para que o vento não perturbe, à noite. Para que o vento não perturbe a noite.

Houve um dia, ainda no Rio, nas nossas primeiras semanas. Lia e Jonas cumprindo inocentes suas jornadas de trabalho enquanto eu e você andávamos nus pelo apartamento no Flamengo. Nosso novo capítulo, após LPs grátis e a Besta da baía de Guanabara.

Na sua cama de solteiro, no quarto com a cama extra coberta por telas pintadas com tinta acrílica, aquelas telas com seus seres híbridos, eu sentia um mar entre as pernas. Um mar de Iemanjá entre as pernas. Era o seu gozo misturado ao meu, e o cheiro que impregnava o ar. Passávamos a tarde em cima daquela cama, fumando, bebendo, nus.

A gente precisa se lembrar de acender um incenso depois, você disse. Abrir as janelas.

O cheiro do seu suor, eu deitada junto ao seu braço, o nariz de encontro à sua axila.

Cochilamos. Você vê os riscos que corríamos. Nus, a porta do quarto aberta porque aproveitávamos a aparelhagem de som sofisticada do meu pai para ouvir a nossa música.

Você se levantou para ir ao banheiro, fiquei observando, deitada de bruços. Sempre tive prazer em ficar olhando para o seu corpo. Uma elegância que você tem, André, um estar à vontade no seu corpo. Sempre te achei tão bonito por causa disso. Sua pele mais escura do que a de Isabel, mais escura até do que a do seu pai, como se você tivesse estabelecido alguma comunicação direta com a avó paterna que nem chegou a conhecer e atualizado a memória dela como uma espécie de homenagem póstuma.

Ao voltar do banheiro, você não se deitou na cama.

Nunca beijei os dedos dos seus pés, você disse.

Éramos aves de fôlego.

E também nunca beijei a parte de trás dos seus joelhos.

Estávamos improvisando, já, uma vida juntos. Nem sei de onde vinha nossa proficiência sexual — leituras, acho, e certamente a pornografia a que naqueles tempos pré-internet tínhamos acesso através de revistas e filmes VHS alugados não sem boa dose de constrangimento nos videoclubes. Vinha de encontros amorosos e relações de maior ou menor amplitude com outras pessoas de que tínhamos extraído um pedaço ou outro de informação. Você tinha estado com mulheres mais velhas, eu tinha estado com homens mais velhos, talvez isso explicasse em parte. Fato é que éramos aves de fôlego e que tínhamos uma curiosidade infinita.

As suas mãos seguraram as minhas coxas, enquanto você beijava a parte de trás dos meus joelhos. E desde esse dia você soube o que significa a parte de trás dos meus joelhos. Eu deitada de bruços, você me segurando pelo quadril. Deslizou as mãos, suas mãos me abriram, eu um pouco nervosa, logo menos nervosa quando os seus dedos e a sua língua me amaciaram, seus dedos e sua língua que nunca reconheceram fronteiras, que sempre quiseram e puderam transitar por toda parte.

E você depois aprenderia a narrar, aprenderíamos a narrar. Você sabe o que vou fazer agora, não sabe?

Não, não sei.

Pois isso é o que eu vou fazer agora, preste atenção.

E o tempo, sempre o nosso tempo, a nossa absoluta falta de pressa. Você veio por trás, devagar, até estar inteiro e duro dentro de mim, úmida da sua saliva. Eu tentava relaxar, o mínimo de dor que logo já não existia mais. E eu te apertava com os meus músculos, e você passou a mão por baixo do meu quadril e começou a me acariciar.

Você me perguntava como. Como trazer alegria a este corpo. E eu dizia.

Depois abrimos as janelas. Acendemos um incenso. E à mesa do jantar, mais tarde, com meu pai e Lia, era impressionante como brilhávamos.

Meu pai tinha trazido cerveja, o que era extremamente conveniente. Bebemos um pouco mais, para disfarçar o que tínhamos bebido à tarde.

Vocês dois parecem felizes, Lia disse. Tiveram um dia interessante?

É, foi interessante.

Hm, Jonas mastigava um brócoli. Fizeram o quê?

Fomos ao museu, você disse.

Surpresa no rosto de todos — inclusive no meu.

Que museu?, perguntou Lia.

O Museu Nacional, você disse, sempre bom de improvisação. Queríamos ver as múmias.

Ah!, disse meu pai. Aquela coleção egípcia! Tem uma história interessantíssima, não sei se leram a respeito no museu.

Não tínhamos lido a respeito no museu.

As peças estavam a caminho da Argentina, vinham de Marselha, meu pai prosseguiu. Mas havia um bloqueio no rio da Prata. Acabaram num leilão aqui no Rio, e d. Pedro I comprou a coleção inteira. Eles têm um sarcófago de uma cantora, raro por nunca ter sido aberto, isso parece que já foi presente ou aquisição de Pedro II. Era egiptólogo amador, não sei se vocês aprenderam isso na escola.

Ninguém comentou. Tinha sido egiptólogo amador, entre várias outras coisas eruditas, o último imperador do Brasil, antes de terminar seus dias no exílio do hotel Bedford, em Paris. Esses assuntos que o meu pai trazia para as conversas, André. Como não amá-lo?

Vocês chegaram a ver esse sarcófago?, Jonas não conteve a pergunta.

Claro!, você disse. Muito impressionante.

Também acho, ele disse. Essa coleção egípcia do museu é fabulosa. Mas o que me impressiona mesmo ali é a Princesa do Sol. Vocês notaram que ela tem os membros do corpo e os dedos enfaixados individualmente? Que múmia incrível, aquela.

6

Enquanto tudo isso acontecia, enquanto nossa vida acontecia e os anos iam se passando, e a gente ia aos poucos ocupando uma espécie de normalidade, eu e você — casal como qualquer outro —, Isabel existia em algum lugar do mundo, e nós não sabíamos que ela era ameaça, que ela nunca deixaria de ser ameaça.

Chegou cartão-postal da minha irmã, você dizia, vezes de menos, num dos lugares onde moramos — primeiro Vitória de Santo Antão, depois o Recife, a breve passagem por Niterói e outra vez a baía de Guanabara, a temporada em Joinville trabalhando com o Guilherme (como ele disse uma vez, éramos uns loucos chapinhando das seis da manhã às seis da tarde no meio de uma floresta inundada e infestada de mosquitos atrás de uma ave de dez centímetros de altura, *Hemitriccus kaempferi*, a maria-catarinense. Você se lembra que uma vez tivemos que descartar uma das gravações que fazíamos dos cantos da maria-catarinense por causa do ruído dos mosquitos?).

Onde é que Isabel está, desta vez?

E você dizia, e secretamente admirávamos aquela aparente falta absoluta de substrato dela. Ave migratória que a cada mudança de estação rumava para um lugar distinto, planta aérea, para continuar com as analogias com o universo onde vivíamos metidos.

E no que ela está trabalhando, desta vez?

Aqui não diz.

E quando é que ela volta, quando é que vamos vê-la?

Também não diz.

Até que de repente ela aparece e vai embora e só ficamos sabendo depois. Não sei qual o problema dela conosco.

Eu sei qual o problema dela conosco, você disse. Nós somos o problema.

Como assim, nós somos o problema?

É que ela ainda é louca por você.

Ah, pelo amor de Deus, André, eu respondi.

Pelo amor de Deus, André?

Você só pode estar brincando. Quantos anos tínhamos, quantos anos faz? Pelo amor de Deus.

A questão não é quantos anos vocês tinham nem quantos anos vocês têm. O problema é que eu estou vivendo com você. Eu acho que isso é o que ela não tolera.

Porque nós somos, nem sei o que nós somos, meios-irmãos, alguma coisa dessa ordem? Ou nem isso?

Não, você não ouviu o que eu disse? É inaceitável porque ela queria estar no meu lugar.

Você só pode estar brincando.

Vanessa. É você quem está sendo ingênua. Você sempre fez parte da nossa vida, mesmo morando longe. Seu pai vivia dando notícias. Mostrava as fotografias que tirava quando ia te visitar. À distância, nós te admirávamos, Isabel e eu. Você parecia, não sei. Tão dona de si. Estávamos ali rodeados de família, e você morando sozinha com sua mãe, num lugar que não conhecíamos, o Recife, nem na nossa arrogância carioca deixávamos de sentir curiosidade sobre o que seria a cidade do Recife, com esse nome mágico, e tão longe, num Nordeste que não conhecíamos porque fazer viagens daquela monta com a família inteira estava fora de cogitação. A crise, você se lembra bem. Mas Isabel falava de você a toda hora, naqueles primeiros tempos. Acho que você era uma espécie de heroína.

Bobagem sua, André. Nós éramos adolescentes.

Eu sei. Mas você nunca deixou de fazer parte da nossa vida. Nós fomos crescendo e você foi crescendo com a gente, de longe. E a situação passou a ser outra depois que eu vim morar com você.

Eu achava a sua tese completamente ridícula, André. Uma coisa da adolescência não podia se espraiar daquele jeito, com aquela seriedade, pelos anos afora. O tempo da adolescência era outro, velocíssimo. Isabel já estava por aí com outras pessoas — tínhamos visto fotos também. Quando você foi viver comigo em Vitória, por exemplo, ela andava com um jornalista muito mais velho do que ela,

correspondente não me lembro exatamente de que jornal. Acho que era correspondente de um jornal.
Louca por você.
Não diga bobagens, André.

Estávamos preparando o jantar na nossa pequena cozinha em Vitória numa dessas vezes em que a memória regressou, elíptica. Você cortava tomates, eu descascava batatas. Teresinha viria jantar conosco trazendo a sua companheira Lygia, a médica com quem ela estava vivendo agora, que era um furacão de gente e passava dando jeito em tudo no caminho. Ver minha mãe feliz era bom, naturalmente, e de certo modo também me desonerava, eu também me liberava da tarefa autoimposta de ser o esteio emocional dela, eu e meus avós, desde a morte do Mauro. A história do amor em flores dobradas. E Teresinha, que nos anos de seu casamento com Jonas não trabalhava fora, agora tinha um emprego na Prefeitura do Recife, na área de parques e jardins, e quando encontrava conosco queria sempre conversar sobre plantas.
Eu e você escutávamos música enquanto preparávamos o jantar, mas não me recordo o quê. Roy Orbison, poderia ser? Era uma época de Roy Orbison para nós dois, se lembro bem — além de Chico Science e do mangue beat, das coisas mais sensacionais que aconteciam no Recife e no Brasil (lembra do *Caranguejos com cérebro*, o manifesto? *Basta injetar um pouco de energia na lama e estimular o que ainda resta de fertilidade nas veias do Recife!*). Orbison tinha ido embora cedo demais da nossa vida — mais um. E Chico Science iria também, aos trinta anos de idade.
Na semana anterior, você tinha acompanhado o pessoal da universidade no desfile do bloco As Virgens de Vitória. Carnaval de 1992. Você com uma peruca dourada e peitos postiços dentro de um vestido rosa-choque, nem me lembro quem te arranjou aquele vestido, fazendo uma cara muito séria por trás do bigode que andava cultivando na época. Você até que ficava bem de bigode. Nossa amiga Bete desafinando um frevo no microfone, ela cantava bem mas ficava nervosa demais em público. Foi a primeira e última vez que te capturaram para o bloco.

Estávamos preparando o jantar para Teresinha e Lygia, havia cheiros. Coentro fresco — o cheiro do coentro fresco, sempre um dos seus preferidos. Cebola. Alho. Estávamos cozinhando arroz também, e o vapor saía pelos três furinhos da tampa da panela.

André, eu comecei a dizer, enquanto desascava as batatas. Aquele dia, lá atrás, o domingo da festinha no clube, eu disse. O dia do Mauro.

Você esperou, calado, que eu continuasse. Não era um tema muito frequente na nossa vida, aquele. O que cada um ainda pensava ou deixava de pensar em geral não era compartilhado. Quantas vezes aquela tarde acometia os nossos sonhos, quantas associações imprevistas nas nossas horas acordados. Horas demais? Horas de menos? Não comentávamos.

Isabel estava de roupa, eu disse. Lembra? Todo mundo na piscina, nadando, mergulhando, brincando, e ela do lado de fora, de roupa.

É, você disse, é verdade.

Fiquei em silêncio. Era Roy Orbison, tenho quase certeza, André. Ele também entendia o luto. Tinha perdido a primeira esposa num acidente, os dois filhos no incêndio que destruiu sua casa no Tennessee.

E você lembrou de Isabel na piscina por quê?, você perguntou.

Não sei. Pensei nela, o cartão-postal que chegou esses dias, lembrei daquele domingo. Alguns anos depois ela me contou numa carta, ela me escrevia umas cartas longas, contou que estava sentindo uma vergonha tremenda do corpo, naquele dia. Aquele estigma do Boi Babento. Você lembra da peça de teatro, no Natal anterior?

Claro que lembro, a escola inteira assistiu. O Jumento e o Boi.

Eu com a minha malha marrom, ela com uma malha branca e preta. Doze páginas de diálogos para decorar.

Vocês duas eram boas.

É, mas ninguém acha agradável depois ficar sendo chamada de Boi Babento por meses e meses a fio. Aquilo atormentou Isabel. E ela me disse que estava menstruada, no dia da piscina. Ainda parecia estranho ficar menstruada. Lembro como foram meus primeiros meses, levou um tempo até o corpo entender a nova realidade. Sei lá. A adolescência parece que desmonta em cima da gente sem aviso, não?

Isabel sangrava, de roupa, na beira da piscina. Era um dia de sol, era o dia do sol. Mas o seu corpo era uma lua nova, estava sensível, silencioso. Pensei nisso naquela noite em Vitória, descascando batatas, e o pensamento me entristeceu tanto. Entristeceu-me também que ela só fosse aquela ideia meio abstrata na nossa vida, que não estivesse ali conosco, quem sabe, de visita. Descascando batatas, cortando tomates, rindo das memórias do bloco As Virgens de Vitória.

Na piscina de um clube na cidade de São Sebastião do Rio de Janeiro. A cidade que traz um santo no nome. Num Dia de Todos os Santos. Num dia de sol. Num domingo, o dia do sol. *Dies solis,* em sua origem pagã, *dies dominica* depois que um imperador romano decretou, como sabemos, que era cristão e somente cristão o seu império.

A piscina. Água límpida, clorada, adestrada. Umas cobrinhas brancas se desenhavam na superfície da água, sob o sol, e projetavam sombras no fundo azul. Tudo brilhava. Tudo eram gritinhos e risadas de crianças alegres. O cheiro do cloro.

Mauro na água. Prendendo a respiração e submergindo, os olhos abertos. Vendo as outras pessoas, pernas, barrigas, entre bolhas de ar, vendo os desenhos que o sol e a água, juntos, faziam na pele delas.

Vanessa!

Ele veio nadando até onde eu e duas amigas estávamos, num canto da parte mais funda da piscina.

Vanessa! Você está de relógio? Você pode contar quanto tempo eu fico debaixo d'água?

Veio um amiguinho dele a reboque. Os dois queriam competir. Quem aguentava mais tempo.

Mauro na água. Ele nadava bem. Ele mergulhava bem. Às vezes ia para a borda e pulava abraçado ao corpo e gritava bomba! Quase todos já fizemos isso na vida, não? Quase todos já fomos bombas humanas saltando para dentro d'água. Ou então ele executava o seu mergulho perfeito: apoiava os pés na borda, o direito ligeiramente na frente, esticava os braços junto às orelhas, as mãos uma sobre a outra, empurrava o chão com o pé e furava a água com toda a elegância do mundo.

Mais tarde me dei conta, André, de que a última coisa que disse ao Mauro foram números. O tempo que ele e o amiguinho tinham ficado debaixo d'água. Depois os adultos nos chamaram para o almoço, que estava servido, muitas crianças, muito almoço, e o resto você já sabe.

Você tem vontade de voltar a morar no Rio?, você me perguntava, de tempos em tempos, e a minha resposta era sim e não, às vezes mais sim do que não, às vezes o contrário. Mas eu sabia que a cada ano que passava ficava mais difícil a volta — ainda que houvesse sempre um horizonte para ela. Ficava mais difícil porque eu e você íamos nos acostumando a outros lugares e outros códigos, só isso.

Mas as coisas e as pessoas da cidade do Rio ficavam ali, como roupas guardadas num armário grande, que de repente apanhávamos para usar. A cada visita (e mesmo no breve período em que moramos em Niterói, ali tão pertinho) cheiravam diferente, as roupas. Talvez estivessem um pouco largas ou um pouco apertadas, dependendo dos nossos hábitos ou vícios do momento. Uma ou outra talvez aparecesse mofada, roída pelas traças. De uma ou outra talvez já até tivéssemos esquecido, e encontrá-las era subitamente perceber-nos mais ricos.

O nosso bairro no Rio, o Flamengo, por exemplo. Tanta vida nossa em tantos detalhes. O cheiro de vela da gruta no pátio da Santíssima Trindade, lembra que comentamos uma vez esse cheiro, em algum ponto da nossa saudade?

Aquela renda de pequenos triângulos da igreja, você lembrou, nessa ocasião. Quando a torre está acesa, de madrugada.

E, claro, o Aterro, nosso quintal-pulmão. Eu frequentava o Aterro desde a gestação, provavelmente desde antes que Teresinha soubesse que eu estava me tornando eu dentro da sua barriga. Dificilmente teríamos uma obra como aquela hoje. Mas ali estava ele, nosso Aterro do Flamengo.

Nas visitas à família, eu gostava de me sentar no vão da janela da sala de Lia e Jonas, no fim da tarde. Eu fechava um pouco a janela de correr, a veneziana antiga de madeira, dobrava as pernas de encontro ao peito, apoiava as costas na parede e me sentava de lado, Aterro aos meus pés.

Vê se não cai daí, Jonas dizia.

Você vinha, ficava de pé ao meu lado e abraçava minhas panturrilhas, acho que fazia isso pelo sim, pelo não. Vai que dava no meu corpo vontade de experimentar algum voo, contra a minha vontade.

Nós dois não éramos mais moradores da cidade, mas também não nos sentíamos visitantes. Curioso, não? Ela já não abria mais os braços, como faria a um dos seus, mas tampouco virava as costas. Amamos, mas ela não corresponde, como disse meu pai certa vez? Talvez fosse o contrário, talvez ela nos amasse e nós não correspondêssemos? Como é que uma cidade ama, André?

Víamos Francine, minha amiga de infância, que tinha um filho, que tinha outro filho, e seus filhos que cresciam. As outras amizades tinham praticamente todas caído em desuso, mas eu e ela nos encontrávamos para atualizar quase sempre um tempo inofensivo — dávamos a volta, cuidadosamente, no pedaço da história que fazia mal, saíamos do outro lado sem revisitá-lo. Compartilhávamos uma cerveja, duas, três.

Um dia ela iria nos visitar, ela prometia — com mais frequência nos primeiros anos, menos vezes conforme o tempo ia passando e a amizade entre a gente ia se esgarçando. Dizia que tinha vontade de conhecer este lugar ou aquele e que seus filhos iam gostar, as praias do Nordeste, qual o ser humano que não tem vontade de conhecer? E o Carnaval do Recife, qual o ser humano que não tem vontade de conhecer? Mas sempre havia alguma outra urgência, era o trabalho, era alguma coisa com as crianças ou alguma coisa com o pai das crianças, era o dinheiro curto. Ficava para a próxima. E afinal ela nunca foi, a próxima continuava sendo a próxima.

Até que veio aquele dia, não faz muitos anos, em que anunciei, num dos nossos últimos encontros no Rio: Oceania.

Ela riu, do outro lado da mesa.

Agora você complicou de verdade a minha vida, ela disse. Como você espera que eu viaje até a Oceania, Vanessa? Quer dizer, não que eu tenha ido te ver em algum dos outros lugares, eu sei que não fui, mas era uma possibilidade, né? O Recife era uma possibilidade. Joinville era uma possibilidade.

E você, André, você nadava no mar. Tinha se tornado, com o tempo, um nadador exímio. Às vezes eu pensava: como se tivesse dado continuidade à carreira que o Mauro poderia ter tido.

Quem sabe, o Mauro, um nadador olímpico, já pensou?, comentei com você certa vez.

Quem sabe, André, o Mauro teria sido um daqueles heróis que aparecem e fascinam o país de tempos em tempos, um tenista, um corredor de Fórmula 1 que reacende na gente um orgulho recalcado, e eis que estamos momentaneamente todos cívicos outra vez. Emocionando-nos com aquele hino cuja letra sempre detestamos, mas que é, afinal de contas, nosso e de mais ninguém, e de repente sinaliza na direção de alguma coisa realmente boa em nós.

Você se metia na água que encontrasse pela frente, em dias frios procurava uma piscina coberta, nos outros encarava o mar. No Rio, a baía de Guanabara, o Atlântico. Às vezes saía bem cedo, antes do nascer do sol.

Numa dessas manhãs, ouvi você voltar para o quarto onde estávamos hospedados no apartamento de Jonas e Lia. Eu ainda na cama, recém-desperta entre as cobertas, tão protegida. Na véspera havia saído com Francine e tínhamos tomado cervejas demais, e agora estava com sede e um pouco de dor de cabeça.

Você está saindo para nadar?, perguntei.

Não, já fui. Voltei agorinha.

Você me acariciou com a mão fria.

Já foi? Que horas são? Está cedo, não está?

Eu perdi o sono. Estava uma lua linda lá fora, quando saí.

Você, André. Indo nadar debaixo da lua, o céu começando a clarear. E como eu te amava mais por isso. Pelos seus improvisos, pela sua capacidade de acordar às quatro da manhã e ir nadar porque estava sem sono. De nunca deixar que as coisas se esfacelassem no rigor do hábito, que endurecessem até que os átomos se cansassem de tanto aperto e ruíssem, num longo suspiro de desistência. Pela sua capacidade de tomar caminhos diferentes para chegar ao mesmo lugar, se fosse o caso. Você, minha alegria.

Semana passada teve uma superlua. Peguei o nosso carro, ainda o considero nosso. Seu nome está nos documentos, diga-se de passagem. Dirigi a esmo procurando o melhor lugar para vê-la.

Fácil, agora, o lado esquerdo das ruas e das estradas, o lado direito do carro. Já me acostumei. Você acha que a gente invariavelmente se acostuma às coisas? Então por que essas grandes cisões? Por que é que a gente rompe, desfaz, revoga?

Achei um descampado onde parar. Havia outros carros, outra gente. Não muita.

Uma família maōri parou ao meu lado. Desceram, olhamo-nos, um cumprimento com a cabeça e uns sorrisos breves. Disseram qualquer coisa em *te reo* para as três crianças, que em seguida saíram correndo pelo descampado. Os pés descalços faziam pouco ruído no chão.

Aquela lua enorme no céu, amarela, e as crianças correndo em direção a ela. Como se pudessem alcançá-la, André. A alegria genuína, o despojamento daquelas três crianças correndo em direção à lua, no descampado.

Certa vez, ainda na universidade em Vitória, lemos sobre o desamparo aprendido, você se lembra? Nunca mais mencionamos, acho que porque nos impressionou de tal maneira que dava medo tocar no assunto.

Uma pesquisa realizada na Universidade Harvard consistia em colocar cachorros numa caixa de esquiva — basicamente, uma caixa dividida em duas partes, com uma barreira separando-as. Dos dois lados, o piso era uma grade de metal. Numa das partes dessa caixa de esquiva, choques elétricos eram aplicados nas patas dos cachorros. Se eles aprendessem a saltar a barreira para a outra parte, livravam-se dos choques.

Mas os cientistas (eram cientistas, homens e mulheres da ciência, doutores, como nós — você acha que as pessoas às vezes odeiam seu objeto de estudo?) queriam desencorajar os cachorros a saltar, então os choques passavam a ser transmitidos também do outro lado da caixa, e em algum momento a passagem foi bloqueada com um vidro. Os cachorros do teste tentavam saltar assim mesmo, dando de cabeça contra o obstáculo.

Os resultados eram previsíveis e invariáveis: os animais defecavam, urinavam, ganiam, tremiam. Mas após uns dez dias de testes, simplesmente desistiam de tentar saltar a barreira e paravam de resistir aos choques. Esse o chamado desamparo aprendido: os cachorros assimilavam a impotência e já não lutavam mais contra a dor.

Que diabo, André. Nós dois precisávamos tanto da paz que essa mesa compartilhada, que essas praias compartilhadas, que os silêncios diante de um grupo de aves recém-chegadas conferiam às nossas vidas, eu e você.

7

Permanecer significa não interromper um fio narrativo. O corpo vem ao mundo, se dá à luz, adquire aos poucos um idioma e uma coleção de códigos, de gestos, todo um léxico do convívio. Retirar-se daí, tomar um ônibus e desembarcar na capital, por exemplo, é quebrar a continuidade do seu próprio tempo. Outra coisa se instala, e essa outra coisa nunca poderá equivaler à primeira, simplesmente porque não há como nascer e crescer de novo noutro lugar.

Da mesma maneira, depois desse ônibus e dessa capital aquela realidade original passa a ser entendida como apenas mais uma entre inúmeras possíveis. Não é mais o mundo, mas um mundo.

Então, também não há mais como regressar, porque o olhar já modificou a experiência. Porque os pés já experimentaram outros caminhos. A casa se torna um mito, um sonho que existiu lá atrás, em algum momento. E um sonho que não há como repetir.

Migrar é dar adeus. Nós sabemos, André. E às vezes queremos dar adeus. Mas a sua partida foi um duplo adeus: um corpo que perdeu para sempre uma terra acabou por perder outro corpo.

Penso nos sambaquis, aqueles montes de conchas, ossos de animais, artefatos e adornos usados como uma espécie de cemitério pelos moradores mais antigos do Rio de Janeiro de que se tem registro. Ainda há rastros desses sambaquis nas margens da nossa baía de Guanabara. Não sei se você sabe disso, André. Foi meu pai quem me falou, quando estive com ele no inverno passado, na minha mais recente — e desafortunada — visita à nossa cidade natal. Em algum momento estávamos jogando conversa fora, nós dois, e alguma associação de ideias depois ele desandou a falar dos sambaquis.

Ossos, conchas, artefatos de pedra polida, o que ficou deles. Memória de tempos tão antigos, registros que ficaram da população itaipu que vivia ali havia coisa de seis mil anos, tanto tempo antes dos portugueses, tanto tempo antes até mesmo dos tamoios que habitavam a baía quando o europeu chegou.

Tamoios, me disse Jonas: palavra que significa avós. Integrantes da nação tupinambá, os mais antigos tupis do litoral.

Nem me lembro mais o que é que ensinaram à gente nas escolas sobre os tamoios, se é que ensinaram alguma coisa. Reboava pelos nossos livros o nome de Mem de Sá, o terceiro governador-geral do Brasil, amigo dos jesuítas. Mas e quanto a Cunhambebe, o cacique tupinambá seu contemporâneo: será suficiente o que sabemos dele? Pode ser que os meninos de hoje saibam mais, será? Cunhambebe que era aliado dos franceses na baía, à época da França antártica. Devorador de portugueses, devorado pela varíola. Reboa pelos nossos livros o nome de Estácio de Sá, sobrinho de Mem de Sá, o fundador da cidade de São Sebastião do Rio de Janeiro — e que morreu flechado, como o santo (o padroeiro de d. Sebastião, rei de Portugal).

E um dia serão, seremos, todos sambaquis também. Montes de ossos e conchas que fizeram parte de alguma coisa, já não sabemos exatamente o quê. Daqui a seis mil anos, o que será do nosso *kuaka*, André? O que será do nosso *kuaka* daqui a seis anos?

Penso nesses sambaquis que meu pai mencionou no inverno passado, convalescendo em sua cama, entre *La Traviata* e *La Bohème*. Não sei por que isso me impressionou tanto. O que permanece da nossa impermanência. O que se vai apagando aos poucos.

É como fazer uma viagem longa. Todo mundo que já fez uma viagem longa, por exemplo, vários dias a bordo de um ônibus ou trem ou muitas horas dentro de um avião, todo mundo que já fez uma viagem assim sabe que o corpo chega antes da alma. O corpo chega e a alma ainda continua em trânsito, e chega quando tiver de chegar, no seu tempo. E assim os dois ficam desencontrados por um período.

Os sambaquis são, talvez, um desencontro desses. Uma vida que passou, sobraram ossos e conchas e artefatos de pedra. Um resto de alma que ainda não se foi de todo dali, nem mesmo seis mil anos passados. E em outros lugares há almas que permanecem por cinquenta, sessenta mil anos: a mão dos neandertais impressa na pedra de uma caverna — o que dizer dessa alma longeva, André. O que dizer desse sambaqui tão antigo que já nem sabemos mais até que ponto nós, que hoje marcamos o mundo de outras formas, somos mesmo parentes dessa história.

Essas coisas que permanecem por algum tempo e pelas quais passamos, anacrônicos, a bordo do nosso outro tempo, como numa espécie de ciranda de vidas que se interpenetram e, às vezes, compartilham uma centelha de compreensão.

Veio, por fim, aquele telefonema, no inverno passado. Há coisa de uns cinco meses, fins de junho. Era sua mãe. O número dela estampado na tela do meu telefone. Estranhei, quando ligava em geral era para você. Às vezes, só quando não estava conseguindo encontrá-lo (você largava o telefone por aí, tirava o som, tentava ignorá-lo), ela recorria a mim.

Acho que Lia nunca chegou a fazer as pazes para valer, mesmo avançando o tempo, com o fato de vivermos juntos. Ficou sempre um ranço em algum lugar. Por que diabos tínhamos decidido aquilo de ser um casal quando os papéis originais eram o de meios-irmãos ou algo dessa natureza — difícil definir os nossos papéis originais, porque não havia nenhum laço sanguíneo, afinal de contas. Mas talvez ela achasse inapropriado o nosso improviso. E não sabia da missa a metade. Não tinha, ademais, a menor ideia do que aquele telefonema tão cheio de boas intenções e de preocupações legítimas ia deflagrar.

Os anos foram aplainando o terreno, mas a Lia comprazia dar as cartas, eu tinha percebido logo de saída. Discretamente, sem muito espalhafato, mas ainda assim. Lembra de um quadrinho que ela e meu pai penduraram no corredor, pouco depois de se casarem? Como era mesmo? *A casa é minha, mas quem manda é minha mulher,* diziam umas palavras bordadas. Alguma coisa assim.

Pai, eu disse uma vez. Pelo amor de Deus, tira isso da parede.

Eu não. Por quê? Foi Lia quem comprou. Ela gosta. Uma piadinha inofensiva nossa.

Não sei se o problema dela conosco, nunca solucionado, era julgamento moral ou só o fato de que as duas crianças a estavam desobedecendo. E o cacoete da reprovação tinha ficado, como uma árvore que cresce um pouco torta numa região de muito vento. Apesar das mais de duas décadas que eu e você já levávamos juntos.

A distância talvez não ajudasse, imagino. Se ela tivesse que topar conosco todo mês para um almoço em família, se vivêssemos aparecendo em sua casa porque estávamos ali perto e resolvemos subir para dar um alô, se estivéssemos inscritos na sua rotina, ela talvez acabasse amaciando. Mas não teve a oportunidade.

Vanessa? É Lia, ela me disse, no inverno passado, ao telefone.

Eu já estava me preparando para te chamar — você lá fora, pendurando as roupas no varal, a gente aproveitando o tempo bom como tínhamos aprendido que era imperativo fazer por aqui no inverno. Surto de roupas no varal em dias de sol. Era o que eu costumava fazer, te chamar, depois de trocar com ela meia dúzia de frases cordiais e protocolares. Mas ela disse que era comigo o assunto, daquela vez.

O assunto era o meu pai. O coração.

Não é coisa do outro mundo, ela disse, nada de muito grave, e Jonas vai ficar bem, se Deus quiser ele vai ficar bem. Mas eu estava pensando. Tanto tempo faz, já, da sua última visita, não?

Fiz as contas. Às vezes a gente nem percebe.

Você não gostaria de vir?

Acho que foi a simplicidade da pergunta dela que me comoveu. Ela não disse você deveria vir, não perguntou você não acha que deveria vir, simplesmente fez aquele convite manso. Você não gostaria de vir.

Que diabos meu pai andou fazendo para entupir as coronárias?

Lia riu, do outro lado da linha, do outro lado do mundo, na minha véspera.

Jonas e seu coração. É claro que eu iria vê-lo, e daria todos aqueles conselhos tão fáceis de dar quando se está distante. É só chegar, fazer um inventário dos problemas que saltam aos olhos e começar o catecismo. Como se quem ficou quando partimos nada soubesse, e só por acaso sobrevivesse ao longo daqueles períodos extensos demais em que nos ausentávamos. Anos a fio, por vezes.

Eu já tinha a minha lista de recomendações para quem sofre de doença coronária. Meu pai tinha engordado, meu pai estava se alimentando mal, meu pai estava hipertenso e tinha uma vida sedentária, tudo isso teria que ser mencionado. O sangue estava tropeçando dentro das artérias dele. O sangue estava ficando emperrado ali, detido pelos depósitos de gordura e cálcio. Tudo isso teria que ser mencionado.

E tudo isso vinha acontecendo lentamente ao longo dos anos, enquanto eu, a filha que tinha sobrado, fazia muito já tinha ido mergulhar na minha própria piscina — bomba! —, contar quanto tempo conseguia ficar sem respirar debaixo d'água.

Entrei no website da companhia aérea. Procurei opções de voos. Verdade que nós estávamos morando mesmo longe, André. Verdade que os voos eram mesmo caros, puta merda. A gente tendia a esquecer. Era longe de toda parte. Muitas horas de voo para qualquer lugar. Sempre longas travessias.

Decidimos que eu iria sozinha. Economizar a sua passagem. E assim também não interrompíamos o trabalho, você cuidaria de tudo enquanto eu estivesse fora. Por três semanas, combinamos. Três semanas era um bom número.

Eu ia até o último andar do prédio, pela escada dos fundos, e Mauro ficava lá embaixo, no primeiro andar. Era uma das nossas brincadeiras favoritas. Do alto eu ia baixando, pelo vão da escada, um elevador que fabricávamos com um pote vazio de sorvete e um longo pedaço de barbante. No elevador, subiam e desciam uns bichos de borracha que tínhamos.

Vanessa!, chegava a voz do Mauro, ecoando pelo vão da escada. A girafa vai descer no quinto andar.

Eu contava os lances de escada, detinha o elevador no andar cinco. Mauro vinha correndo receber a girafa, tirava do elevador, colocava sobre um degrau da escada. O elevador então parava no andar quatro, onde um Pato Donald aguardava. Ficávamos um tempão naquilo, animais de borracha subindo no elevador, descendo do elevador.

No último andar havia portas proibidas. Sempre trancadas. Mas um dia o porteiro, que todos chamavam de Barão, estava fazendo qualquer coisa por ali, uma das portas abertas.

Aqui não é lugar de criança.

Mesmo assim ele deixou que eu e Mauro espiássemos o que havia lá em cima na laje, um monte de antenas de televisão, uma mureta que não parecia alta o suficiente e que nos dava outra perspectiva do mundo. A impressão de que um vento mais forte poderia carregar com a gente dali.

Você não tem medo de cair, Barão?, Mauro perguntou.

Eu? Um medo dos diabos. Não sou passarinho. Não chego perto, não. Vocês dois aqui bem juntinho de mim, tá certo?

Mauro espichava o pescoço. Vimos que o prédio vizinho era mais baixo do que o nosso. Vimos que as montanhas eram realmente mais altas do que tudo o mais.

O Barão destrancou um cadeado, abriu uma portinha. Entramos com ele num cubículo escuro, sem janela, onde fazia um calor intenso e onde se sentia um cheiro delicioso não sei de quê. Cimento molhado, terra, mofo, madeira apodrecendo, todas essas coisas juntas. Havia uma grande caixa-d'água que ele destampou.

Fomos olhar, Mauro não tinha altura suficiente e precisava ficar nas pontas dos pés. Era medonho, o interior de uma caixa-d'água. Eu não sabia.

Por que é que a água é preta?, Mauro perguntou.

A água não é preta, eu disse. É transparente.

Parece preta.

É porque não tem luz.

É muito fundo?, Mauro perguntou.

Muito fundo, disse o Barão. Se criança cair aqui dentro, já era.

Mauro recuou alguns centímetros. O Barão tinha que mexer em qualquer coisa dentro da caixa-d'água, enfiou o braço quase inteiro na água e sua mão já não se via mais, perdida dentro da escuridão.

E se tiver um bicho aí dentro?, Mauro perguntou.

Não tem bicho, Mauro, eu disse. A caixa-d'água fica sempre tampada, você não viu? O bicho não tem como entrar.

E se o bicho entrar bem pequeno e crescer aí dentro?

Ficamos todos em silêncio. O Barão xingou qualquer coisa.
Vanessa, Mauro sussurrou no meu ouvido. Eu quero ir para casa.
Descemos a escada correndo até o nosso andar, recolhendo elevador e animais de borracha pelo caminho. A girafa ficou esquecida em algum lugar. Não sei o que houve com ela, nunca mais vimos.

O coração do meu pai ficaria novo em folha, do alto dos seus agora setenta e quatro anos de trabalho incessante e de alguns maus-tratos. Era o que diriam os médicos. O coração do seu pai está novo em folha. E eu, que esperava ouvir talvez a recriminação (tanto tempo sem visitar! Sabia que estamos no ano de 2016? Será que eu lembrava quanto tempo fazia que tinha me mandado para o outro lado do mundo? Requeria uma angioplastia para eu sentir saudade?, perguntava a voz da culpa), não ouvi, é claro, nada disso. Esse não era Jonas.

Em sua casa, no apartamento menor onde agora vivia com Lia, ele estava de bom humor e me pediu para colocar uma ópera na aparelhagem de som que era mais nova e sofisticada. O principal prazer da vida do meu pai, aquela aparelhagem de som.

Coloque alto para eu poder ouvir daqui do quarto.

Qual delas?

Ele refletiu por um instante.

Pode ser que eu morra em breve, não é? O que a pessoa faz quando percebe que talvez morra em breve? Coloque *La Traviata* para mim, por favor. Angela Gheorghiu. Sir Georg Solti.

Você não vai morrer em breve, pai. Não diga bobagens. Você mesmo me disse que era uma coisa sem importância.

Não estou dizendo bobagens.

Tudo vai correr bem. O médico já me explicou. Não é coisa complicada.

Isso não quer dizer que eu não vá morrer em breve.

Nem vou mais falar sobre isso. Você às vezes parece criança. Achei a sua ópera.

O prelúdio do primeiro ato encheu a sala, encheu o apartamento, encheu o mundo. *La Traviata,* a mulher que caiu em desgraça.

Sei que vocês nunca chegaram a gostar da minha música, ele disse.

Acho que você também não gostava da minha, eu disse.

Me fale alguma coisa contra a ópera.

Fácil, essa. Enredos absurdos. Esse canto artificial e extravagante. E a gente não consegue entender o que está sendo cantado. Mesmo que entenda a língua, o que não é o meu caso, porque não sei italiano, porque não sei alemão. Mesmo que soubesse.

Meu pai riu.

Agora você me fale alguma coisa contra o rock, eu disse.

Ah, conflito de gerações! Eu gosto de rock.

Mentira.

Gosto de rock. Você duvida?

Ele se levantou da cama.

Pai.

Não tem problema. Não estou inválido. Por enquanto.

Eu sei, mas você me diz o que é para fazer que eu faço.

Não tem problema, eu posso me levantar.

Ele remexeu entre os discos, puxou um, colocou os Titãs para tocar. *O acaso vai me proteger enquanto eu andar distraído.*

Pronto, ele disse. Agora você consegue entender a letra.

Meu pai, setenta e quatro anos. Como é que isso foi acontecer com você, Jonas? Meu pai, o mesmo que quase tinha sumido de tão magro depois da morte do filho. Meu pai. Pedindo por favor, *La Traviata*. Pelo sim, pelo não. Meu pai debochando da morte, porque desde aquele Dia de Todos os Santos a morte nunca mais seria uma ameaça. A morte não podia fazer, com ele, pior do que já tinha feito levando-lhe o filho antes — antes dele, antes da hora, antes do tempo.

Morte descumpridora de lógica, de papéis, de cronologia. Que vá à puta que a pariu essa morte. Que vá coçar o cu com serrote. *La Traviata*, por favor.

Ele sobreviveu. Está vivo, o coração novo em folha — segundo os médicos. Mas os destroços daquela viagem que tinha feito havia poucos meses até o Rio de Janeiro, o nosso Rio de Janeiro do amor correspondido ou não, esses não há como catar e recompor, colar de novo.

Uma vez lemos — lembra? — sobre aquela técnica que no Japão chamam de carpintaria com ouro.

Vanessa, vem aqui ver isto, você me disse. Kintsugi. Uma coisa dos japoneses. Quando algum objeto de cerâmica se quebra, o objeto é colado com laca e pó de ouro.

Você me disse que havia vasilhas coladas assim que acabavam sendo consideradas mais valiosas do que as intactas, pela complexidade estética que adquiriam. Pois é, André, e a nossa detestável cultura do descarte estrebuchando no chão, virada ao avesso.

No nosso caso, porém, parece-me que ficamos só com os cacos mesmo. Estou tentando juntá-los com laca e pó de ouro. Será que é possível? Ainda?

Idomeni. Norte da Grécia, bem na fronteira com a Macedônia. Quem me disse foi Isabel, pessoalmente, no inverno passado. Eu já tinha perdido a conta de quanto tempo fazia que não nos víamos. Os nossos encontros todos tinham sido tão de raspão, tão irrelevantes, ao longo desses anos todos. Uma visita esparsa ou outra, quando estávamos no Rio e calhava de ela estar também, sempre no meio de outra gente. Nunca tínhamos tido tempo ou situação conveniente para uma conversa de verdade, e me parecia que nem fazíamos questão. Seria mesmo isso, nem fazíamos questão? E os telefonemas num aniversário ou num fim de ano, a conversa superficial.

Isabel estava passando umas semanas com a família, no hiato entre um trabalho e outro. Estava hospedada no Maracanã com seu pai, Cícero, que agora vivia sozinho e dizia que era assim que queria ficar, dali por diante.

E foi dessa forma, sem planejamento, o meu reencontro com ela. Sem você, dessa vez.

Idomeni, eu disse. E o que tem lá?

Catorze mil refugiados, Isabel disse. Síria, Iraque, Irã, Afeganistão. Marrocos, Argélia, Tunísia.

Idomeni — a gente não tinha se acostumado a esse nome, ainda. Poucos tinham ouvido falar, antes de chegar ao noticiário.

Não eram fuselas em voos transoceânicos, ali, mas famílias tentando por terra entrar na Macedônia — cuja fronteira tinha sido fechada — e seguir então para a Europa central. Com sorte, desembarcar de algum trem na Alemanha, aquela Alemanha que era o sonho de tantos.

Eu nunca tinha visto nada parecido, disse Isabel. E olhe que faz algum tempo que trabalho com isso.

Não havia mais um único traço de Boi Babento em Isabel, a essa altura. Ela estava bastante magra, e além disso abatida, a aparência cansada. Não era um cansaço como o meu, de muitas horas de voo, da ultrapassagem de muitos fusos horários. Era outro tipo de exaustão, e me fazia pensar naquela tristeza no osso que eu tinha me acostumado a ver no meu pai logo depois da morte do Mauro.

Há coisas da ordem da superfície, há coisas da ordem das profundezas. E quando comentei, quando eu disse você parece tão cansada, ela disse não, eu estou bem, eu estou bem, Vanessa.

Ela usava calças jeans, tênis e uma camisa simples de algodão, o cabelo ainda comprido estava amarrado num coque, mas me chamou a atenção a beleza e a delicadeza do par de brincos que usava. Eram um lembrete de outra parte do mundo, alguma coisa que eu desconhecia, o ourives que tinha trabalhado naqueles brincos era alguém cuja vida eu não tinha como nem começar a imaginar. Fiquei me perguntando qual seria a história do par de brincos. Se ela havia comprado, e onde, ou ganhado de presente, e de quem. Olhei para as suas mãos, grossas, ressecadas — não que as minhas mãos de bióloga estivessem em muito melhor estado. E aquele par de brincos delicados e sofisticados com um ar tão comovedoramente destoante.

No seu rosto havia rugas que eu não conhecia, e as bochechas antes carnudas eram agora um conjunto simétrico de linhas retas. Aqueles olhos fundos que para mim a haviam associado, muitos anos antes, a algum oriente hipotético.

Tudo o que eu sabia a respeito de Isabel agora era que ela estava cada hora num canto, fazendo uma coisa diferente. Mas já havia quase uma década, aparentemente, que estava trabalhando com aquela organização.

Há um rio, ela disse, um rio na fronteira.

Ela puxava, distraída, uma pele do canto da unha do polegar.

Há dois meses eu estava nesse rio, ela disse. Água na altura das coxas. Duas mil pessoas estavam atravessando o rio e entrando na Macedônia. Estendemos uma corda, demos os braços e passamos os bebês e as crianças desse jeito à outra margem. Só para mais adiante todo mundo ser obrigado a parar pela polícia.

Mas Lia se aproximou, e do meio de todo aquele ar cansado e abatido Isabel puxou um sorriso de uma honestidade e de uma beleza absolutas. Como se no passado houvesse defesa, houvesse premeditação nos seus sorrisos, que agora eram pura transparência. A vida tinha simplificado o seu jeito de sorrir.

Eu não ia me apaixonar, como não me apaixonei. Entenda-me bem: não era isso. É só que acho que nunca a tinha visto sorrir assim. Acho que nunca tinha visto ninguém sorrir assim. Arrisco dizer algo, mesmo sob pena de soar um tanto ridícula: é como se em geral os sorrisos viessem com a gente, desde o nascimento, mas aquele sorriso Isabel tivesse de algum modo criado ela mesma, sei lá eu com que matéria-prima. E se eu olhava para ela e via rugas e via cansaço e via tristeza, o sorriso era como se fosse puro ato de resistência. Uma greve de qualquer coisa. Um sorriso contra: contra o cansaço, contra a tristeza, um sorriso para seguir adiante. Será que estou errada?

Lia se aproximou. Ofereceu-se para preparar suas famosas caipirinhas. Porque afinal era uma noite de sexta-feira e porque afinal devíamos estar as duas precisando relaxar.

Vocês querem um amendoim, um aipim frito com as caipirinhas? Vocês preferem açúcar ou adoçante?

Enquanto Lia cortava limões sobre a mesa da cozinha, Isabel se virou para mim, e com o mesmo sorriso perguntou se eu me lembrava de uma noite, muitos e muitos anos antes, eu provavelmente não me lembrava, ela disse. Uma noite em que pegamos escondidas a garrafa de cachaça e fomos tomar no quarto para comemorar o meu aniversário.

Eu não disse nada, mas me surpreendeu a intensidade do afeto que veio com a recordação trazida por Isabel naquele momento. Todo um tempo de volta. David Bowie de volta. E pensei em você parado na porta, perguntando o que estávamos fazendo e se podia tomar um gole de cachaça e Isabel dizendo que não. E você pegando a garrafa assim mesmo.

Ainda éramos adolescentes, ela disse. Estava tocando David Bowie no rádio. Você provavelmente não se lembra.

8

Havia na rua uma casa com um muro de pedras, aquele em cujos buracos as adorinhas faziam ninhos. A casa era um orfanato católico para meninas. Duas vezes ao dia, à hora da entrada e da saída da escola, duas freiras passavam rebocando uma fila indiana de meninas uniformizadas. As freiras sempre atravessavam a rua no mesmo lugar. Quando calhava de eu estar em casa e poder acompanhá-las, aquilo sempre me surpreendia.

Comentei com o Mauro.

Elas vão atravessar a rua ali, em frente ao número 42. Elas fazem isso todo dia, atravessam sempre no mesmo lugar.

Por que é que essas meninas moram ali?

Porque elas não têm casa.

Cadê o pai e a mãe delas?

Elas não têm pai nem mãe.

Eles morreram? O pai e a mãe delas?

Morreram. Ou então não queriam mais as filhas e deram para as freiras.

Por que é que eles não queriam mais as filhas?

Porque as filhas eram más.

E se as freiras também não quiserem mais as meninas?

Aí elas levam as meninas tarde da noite num carro e largam debaixo de um viaduto.

E elas ficam morando debaixo do viaduto?

Ficam.

Para sempre?

Claro! Os pais não quiseram, as freiras não quiseram, quem mais você acha que vai querer?

Mauro apoiou o queixo no parapeito da janela e ficou olhando.

As freiras com o hábito cinza, a cabeça coberta, sandálias nos pés. Atravessando a rua em frente ao número 42.

No dia seguinte resolvemos estacionar as bicicletas ali para ver o que acontecia. Descemos, paramos as bicicletas em frente ao número 42, sentamos no meio-fio. Como uma trilha de formigas que encontrasse um obstáculo, as freiras contornaram as bicicletas e atravessaram a rua logo em seguida. Meninas a reboque.

Esses momentos com o Mauro, arquivados na lembrança. De vez em quando algum salta. Vejo freiras e me lembro do Mauro, e me lembro da casa com o muro de pedras, e dos meninos que aquela vez meu pai surpreendeu tentando meter um jornal em chamas num dos ninhos das andorinhas.

Vejo andorinhas e me lembro do muro de pedras e da calçada e da nossa alegria quando vinha a Telerj consertar alguma coisa na fiação. Muitas vezes eles deixavam caídos pela calçada os resíduos de uns fios de arame encapados com borracha colorida. Mauro e eu colecionávamos. À tardinha, quando os homens fechavam as escadas e encerravam o serviço, corríamos a recolher o espólio.

Os homens da Telerj e o magnífico presente dos restos de fios coloridos que deixavam eram ocasionais (torcíamos para que houvesse problemas nas linhas telefônicas), mas vivíamos muito do lado de fora, Mauro e eu. E não só na nossa rua.

Era um tempo de muitos amigos também. Era um tempo, acho, de a gente se aferrar aos amigos. Nossa infância, anos 1970: punha-se uma surdina em certos assuntos, como percebíamos. Nome de alguém que tinha ido embora do país às pressas. Nome de alguém que tinha sido preso. Conversas à meia-voz depois que nos mandavam ir dormir. Sabíamos, intuíamos, que nossos pais trocavam segredos. Mas desde que não fossem planos de nos mandar para um orfanato, não pareciam constituir ameaça a nós dois.

Francine, a minha melhor amiga, morava na Saúde, na rua São Francisco da Prainha (aqueles santos, quantos!, disseminados por toda parte, pela cidade. Santos e generais, observava meu pai). Eu e ela jogávamos bola por ali, no largo da Prainha, ou na rua mesmo, sobre os parelelepípedos, entre os sobrados e os botecos. O bairro da Saúde, nas cercanias do porto, era descendente direto da África, via

Bahia. A Baía de Todos os Santos e a África de muitos outros santos. Ainda que já quase não houvesse registro de um pedaço importante da vida passada da cidade, os templos afro-brasileiros da Saúde, o batuque nas pensões das pretas forras. A história da sua mãe Iemanjá tinha sido quase expurgada dali, André, ainda que as igrejas católicas permanecessem, em toda sua eloquência. E os generais também.

Você e Mauro na escola, sei que jogavam bola juntos na hora do recreio. Estavam em turmas diferentes, também, assim como Isabel e eu, embora no mesmo ano letivo. Na hora do recreio, depois de lanchar, iam para a quadra poliesportiva que a gente chamava de campão.

O lanche servido pela escola, banana com leite condensado, às vezes gelatina de morango com biscoito cream-cracker. Como esquecer? Com todo aquele açúcar nas veias, o negócio era correr feito doidos varridos no campão. O futebol era o pretexto. Vôlei, queimado, às vezes as meninas brincavam de pular elástico (esteve na moda por um tempo e Francine era mestra absoluta), de fazer bambolê (também esteve na moda por um tempo, mas eu era melhor do que Francine). Depois cada um ia amargar o cabelo suado e a camisa grudando no corpo diante de um quadro-negro, pelo restante da tarde.

Era bom se chovesse: dava-se um jeito de apanhar chuva, caminhando devagar e evitando as marquises até a sala de aula. Mais suportável o quadro-negro depois disso.

O lugar da gente, o lugar de onde viemos: carregamos conosco no código genético? Um muro de pedras, freiras atravessando a rua, andorinhas. E, ao modo de uma *Limosa lapponica baueri* entre Aotearoa e a Sibéria, existe sempre o impulso de voltar? Ao norte ou ao sul, para o que foi na outra direção. À pequena cidade perdida entre as montanhas para aquele que desceu até a capital em busca de trabalho ou estudo. Ao velho continente para o que partiu em busca do novo sem saber qual era exatamente o novo que buscava. À casa, para o que já não sabe mais o que quer dizer isso. Existe sempre o impulso de voltar?

Não sei se existe sempre o impulso de voltar, meu pai respondeu à pergunta que fiz com palavras mais simples. Vocês saíram, vocês todos saíram, foram embora, nem sei muito bem o que deu em vocês. Mas eu, fora a minha migraçãozinha de nada do interior do estado para cá quando era rapaz, nunca fui embora, não sei como é. Não tenho como saber.

Ele estava na cama, em casa, uma almofada sob a cabeça e os ombros. Repouso depois da cirurgia. Abatido, aquele ar cansado de quem enfrentou corredores de hospital e saiu do outro lado. (Seu Jonas, a sua angioplastia foi um sucesso, o senhor está pronto para outra. Pronto para outra angioplastia? Haha, seu Jonas, o senhor é tão bem-humorado.)

Eu estava sentada numa cadeira ao lado dele. Minhas pernas esticadas apoiadas na cama, formando um ângulo reto com as pernas dele.

Você nunca foi embora daqui, mas tem como falar hipoteticamente, eu disse.

Não sei que valor tem uma opinião hipotética minha.

Isabel entrou. Tinha vindo da casa de Cícero para uma visita. Da cozinha, trazia um copo de suco para Jonas.

Estou interrompendo?, ela perguntou.

De jeito nenhum, ele disse. Senta aí.

Ela puxou uma cadeira, olhou para mim.

Sei que quando a gente deixa os lugares, abre mão de muita coisa, eu disse.

É claro que quando a gente fica num mesmo lugar também, meu pai disse. E nos dois casos conquista. Quando a gente fica, cria limo. Raiz. Mas você acha que é a solução mais fácil? Não é.

Eu sei que não e sei que às vezes a vontade é ficar, mas pode ser que não dê.

E às vezes a vontade é ir embora, mas não dá.

Você já teve vontade de ir embora?, perguntei.

Uma vez, ele disse. Uma vez isso me passou pela cabeça. Eu estava caminhando um pouco, era de manhã, fui até Laranjeiras, passei pelo Parque Guinle. Tem alguns anos, não sei quantos. Você sabe que bem lá em cima, no final de uma ladeira, fica a sede do Bope. Esse dia calhou de eu topar com os policiais que faziam exercício pela manhã, correndo. Eles estavam entoando um grito de guerra: *o interrogatório é muito fácil de fazer, pega o favelado e dá porrada até doer*. E repetiam aquilo, não sei, uma dúzia de homens, alguns sem camisa, todos muito fortes. Se bem que havia uma barriga mais saliente aqui e ali. Era de manhã e o parque estava cheio, havia crianças brincando. E os policiais com aquele grito de guerra, ritmado. *O interrogatório é muito fácil de fazer, pega o favelado e dá porrada até doer.* E eu até já vi e ouvi coisas piores ao longo da vida, mas esse dia, não sei. Veio uma bile, alguma coisa estranha, uma sensação tão ruim. E pensei que sim, que estava com vontade de ir embora, mas não sei exatamente de onde, nem para onde.

Isabel estava calada até esse momento.

Tem um problema, ela disse, por fim. Muitas vezes a gente vai embora, mas o lugar do qual queria ir embora vai junto. O que garante que a gente não vai encontrar grito de guerra dos policiais do Bope do outro lado do mundo? Você sabe o que eu quero dizer.

É, eu sei, Jonas disse.

De todo modo, ela disse, tantas vezes conheço no meu trabalho gente que não queria ter ido embora de casa, mas teve que ir. Na maioria das vezes. E nesses casos trazer a casa na memória de certo modo ajuda a sobreviver noutros lugares. É a impressão que tenho. Uns querem ir embora, outros prefeririam nunca ter ido. Você quer açúcar, Jonas?

Adoçante, por favor. Estão dizendo que tenho que controlar o peso daqui por diante.

Vou buscar, eu disse.

Na cozinha, Lia estava metida entre panelas e vapores, o feijão--preto assobiando dentro da panela de pressão, o cheiro do louro, do coentro. Descascava inhames, e havia cebola, alho e couve picados sobre a tábua. Vi bananas por ali e um saco de farinha de mandioca, acho que havia planos de fazer uma farofa de banana. E o meu pai precisando controlar o peso, coitado.

O adoçante?

Ali no armário da direita.

Passei a mão pelo ombro dela numa carícia, ao voltar. Lia, no fim das contas, tinha acompanhado meu pai por tantos e tantos anos de óperas. Ainda tinha o corpo elegante da ex-professora de ginástica e era uma mulher atraente mesmo ali metida entre panelas, um avental por cima da calça de moletom e da camiseta de malha. Ela me olhou por dois segundos, surpresa, talvez. Eu não era daquilo.

Eu não era, nunca fui, muito afetuosa. É verdade, isso, não, André? Entre nós dois era diferente, sei que era, mas acho que com o resto do mundo deixei a desejar.

De volta ao quarto, fui até a janela.

Você lembra das freiras, quando morávamos na rua do orfanato?, perguntei ao meu pai.

Claro que lembro, ele disse. Elas passavam todo dia a pé, as meninas enfileiradas atrás. Sabe que notei uma coisa curiosa? Elas sempre atravessavam a rua no mesmo lugar. Não havia faixa de pedestre, não havia nada que indicasse que era para atravessar ali, mas elas sempre atravessavam no mesmo lugar.

Virei o rosto a fim de disfarçar as lágrimas, embora não soubesse muito bem por que precisava disfarçar as lágrimas.

Não havia muros de pedra com ninhos de andorinhas, não havia freiras nem meninas em fila indiana ali. Era outra paisagem, o prédio em frente, uma amendoeira enorme. Um pedaço de céu cortado por um avião.

Dobrou a esquina a Kombi do comprador de ferro-velho e veio deslizando pela rua devagar. O alto-falante dizia chegou o comprador de ferro-velho. Compra cobre metal alumínio e ferro-velho. Compra panela velha aquecedor velho máquina de lavar velha ar-condicionado velho fogão velho compra cacareco velho.

Vocês estudam passarinhos, não é isso?, Isabel me perguntou, ao volante do carro que rolava pela rua Jardim Botânico.

Estamos estudando uma ave chamada *Limosa lapponica baueri* nos últimos anos, eu disse. *Kuaka*, o nome maōri. Gosto desse nome. *Kuaka*. Uma ave migratória. Passa parte do ano na Oceania, parte na Sibéria.

Ela ligou a seta, dobrou à direita.

Curioso pensar nos pássaros migratórios, ela disse. Na entrega desses bichos, uma entrega absoluta.

Bom, no caso não são pássaros, são aves.

E não é a mesma coisa?

Desculpa a chatice de cientista. Os pássaros são aves da ordem Passeriformes. A gente se acostuma com essas coisas a um nível um tanto maníaco. A ave que pesquisamos é da ordem Charadriiformes, de aves em sua maioria costeira. Tecnicamente falando, não é um pássaro.

Como for. Bicho de asas. Diz o instinto vá, voe, e lá vão eles. É duma simplicidade impressionante.

Isabel parou o carro no estacionamento. Eu já não me arriscaria a sair pelo trânsito do Rio dirigindo do lado direito da rua e do lado esquerdo do carro. Já me parecia tão estranho, àquela altura. Eu já tinha me acostumado à contramão.

Entregamos o ingresso no portão, para o guarda. Anos e anos que eu não visitava o jardim de aclimação do regente d. João. Tanto tempo sem as palmeiras-imperiais, aquelas palmeiras cuja história eu conhecia, trazidas das ilhas Maurício para o Rio duzentos anos antes. Migrantes, elas também. Aquelas palmeiras com as quais tinha travado amizade no passado, e sobre as quais meu pai tinha contado, numa de nossas visitas àquele mesmo Jardim Botânico da minha infância: essas palmeiras-imperiais se espalharam pelo país graças aos escravos, que roubavam as sementes à noite e depois vendiam. O diretor do Jardim Botânico tinha proibido, queria resguardar o monopólio das árvores.

Isabel e eu caminhamos por um bom tempo em silêncio. Ela estava mais silenciosa. Suponho que eu também. Sabemos que esses anos de contemplar aves em praias remotas nos calaram ainda mais, a você e a mim, André.

Encontramos o cacau, o buriti, o abricó-de-macaco, a jaqueira do largo Frei Leandro. As ninfeias, o pau-ferro, a sumaúma de Tom Jobim (*Ceiba pentandra*, árvore sagrada para muitos povos indígenas da Amazônia e também a árvore sagrada dos maias, segundo me disse Isabel). A vitória-régia e as palmeiras-imperiais, essas plantas a que demos nomes monárquicos.

Sabe de uma coisa, Isabel? Estou vendo muito mais do André em você, eu disse a ela. Não tinha me dado conta de que vocês eram tão parecidos.

Mesmo?

Fiz que sim.

Talvez o rosto de vocês tenha ficado mais parecido com o tempo. Mas não é só isso. Alguma coisa no corpo também, nos gestos, no jeito de caminhar, de se mover.

Bem. Não é de se estranhar. Nós somos irmãos.

Você já se perguntou, Isabel, como teria sido a vida de todos nós se o Mauro ainda estivesse conosco? Se aquela festinha no clube tivesse sido só uma festinha a mais, e todos tivéssemos voltado para casa sãos e salvos? Alegres, cansados, bem alimentados?

Quantas e quantas vezes já me perguntei.

Sua mãe e meu pai, André e eu.

Eu e você, ela disse.

Não olhei para ela, a observação me pareceu inapropriada, um pouco ridícula até. Mas tocou em algum ponto sensível meu, ainda assim. Eu e ela: o que éramos, eu e ela? Continuei andando no mesmo ritmo. Mas o coração por algum motivo apertou o passo.

E vocês estão felizes, por lá?, ela perguntou.

Estamos, eu disse. No resumo da ópera, estamos.

Qual o resumo da ópera?, ela perguntou.

Ah, você sabe. A velha história. Relação longa, mais de duas décadas, tantas idas e vindas, outras pessoas passando pela vida da gente, as famosas perdas e os famosos ganhos, algumas dores inevitáveis. Mas no fim das contas seguimos juntos. E eu diria que felizes. Embora essa seja uma palavra tão difícil de compreender, você não acha? O que diabo é isso. A alegria acho que é uma ambição mais realista. Digamos que nós compartilhamos muitas alegrias, ele e eu. Sempre compartilhamos, continuamos compartilhando. Muitas alegrias.

Me parece bem sensato.

Não sei se é sensatez, no nosso caso. Tem sido uma vida generosa, de muitas maneiras. Mas é estranho pensar que a vida generosa começou roubando algo insubstituível. E perder alguém assim, desse jeito, não é só perder a pessoa. É perder uma parte da nossa própria vida também. Você sabe.

A luz de um dia de inverno no Rio, tudo tão nítido, cada folha, cada pedra. O som distante do trânsito na rua Jardim Botânico, na Pacheco Leão, que às vezes chegava até nós.

Também não estava previsto, estava, André? Achei que era um dia como qualquer outro, como tantos, um dia sem mágica nem mística nem drama. Um Jardim Botânico na companhia raríssima de Isabel, quem diria. Isabel e eu passeando em meio às descendentes das árvores de d. João VI. Tocando a árvore sagrada dos maias. Passeando entre as memórias de um diretor frustrado em sua tentativa de monopólio e de sementes salvas da fogueira a cem réis cada pelos escravos — esses que tinham chegado ali com a violenta travessia de um outro oceano.

Havia vários caxinguelês nas árvores, vimos e ouvimos sabiás e saíras e teque-teques e um tucano. Passamos perto do parquinho, havia tantas crianças. Como é bom estar perto de crianças, não é? Não sei muito bem por que eu e você decidimos não ter filhos. Ou talvez saiba, e talvez me arrependa um pouco. Ou talvez não me arrependa. Não sei.

Às vezes acho, eu disse a Isabel, que eu precisava dessa praia remota desde a piscina do clube, que eu precisava cada vez menos da vida, ir subtraindo em vez de somar. Como me encher de coisas, de eventos, sei lá, depois daquilo? Tinha que ir, ao contrário, me afastando. Tinha que ir para um lugar distante, rarefeito, um lugar de pouco ruído.

Você ainda pensa muito nele.

O curioso é isso, eu disse. Não penso. Não penso muito. Mas está lá, está tudo lá. Como não estar?

Interessante te ouvir dizer todas essas coisas. Porque acho que comigo foi o oposto. Já não sei mais quanta coisa fiz na vida. Perdi a conta dos lugares, dos eventos, dos parceiros, e é claro que houve alegria também, essa alegria que você mencionou. Mas houve muita confusão. No fim das contas, acho que a questão é negociar as nossas contradições. Você não acha? O excesso também me traz uma espécie de calma.

Você não me parece uma pessoa de excessos.

Não são os excessos em que você pode estar pensando. É que do mesmo modo que você veio subtraindo, eu vim adicionando. E adicionar não quer dizer necessariamente acumular, porque possuir eu não possuo quase nada de meu. No momento, nem casa tenho. Mas minha vida tem sido fazer, fazer, fazer, me meter em situações cada vez mais extremas, cada vez mais difíceis. Ao contrário de você, Vanessa, eu tenho vivido com uma quantidade enorme de ruído.

Será que um *kuaka* em algum momento olhou para nós, André, e percebeu algo? Compreendeu algo? Como é que compreende as coisas um *kuaka*? E o que é que compreendemos nós dele, André?

O que fica da gente. O que permanece de você na impermanência da nossa vida juntos, essas flores secas que catamos uma vez no deserto de Rangipo. O lugar das suas roupas no armário. O seu lado da cama.

No final das contas, o que fica é o valor de cada hora, você não acha, André? O pigmento ocre soprado pelos neandertais sobre a parede de uma caverna. A concha e o osso de um peixe na estrutura de um sambaqui. A galinha do ensopado brasileiro que, assim como o cachorro do ensopado chinês, queria continuar viva. Tudo travessia.

O corpo que perdeu uma terra agora perde outro corpo. Seria possível você não ter ido embora? O que eu precisaria ter feito, ou desfeito, ou refeito, para que você não fosse embora?

9

Falei a Isabel da longa viagem da *Limosa lapponica baueri* desde a tundra siberiana até a costa de Aotearoa. A ave misteriosa que, para os maōri, vinha de sua terra ancestral. Conversamos por horas intermináveis, nós duas.

Começamos a passar os dias juntas, sempre havia algum Rio de Janeiro para nós, sempre haveria. Uma cidade lá fora. Muitas cidades lá fora.

Fomos ao Museu da República, passeamos pelos jardins, sempre gostei tanto dali. Fomos ao Saara, queríamos comprar roupas, ela também queria comprar presentes, passamos boas horas entre a rua da Alfândega e a Buenos Aires e a Senhor dos Passos e depois almoçamos esfirras no balcão da Padaria Bassil. Ao som da Rádio Saara.

Conversávamos como se os assuntos recém-descobertos entre nós fossem inesgotáveis. E acho que eram mesmo.

Às vezes havia uma meta, mas de modo geral saíamos a esmo, ela ao volante do carro que Cícero tinha lhe emprestado. Ela me apanhava de manhã, e mergulhávamos na cidade. E o mergulho na cidade era bom, depois de tanta praia remota.

Eu ia vendo cada vez mais o quanto havia de você em Isabel — e, do mesmo modo, quanto havia dela em você. Como eram parecidos. Você discordaria, eu sei. Você não queria ser parecido com Isabel. Nem acredito que ela quisesse ser parecida com você. Mas o fato é que eram. Muito parecidos.

Ela me fascinava, é verdade. A mulher em que havia se transformado. Os caminhos nada ortodoxos que tinha aberto ou encontrado onde colocar os pés. A beleza que eu via nela, aquele sorriso de picada aberta no meio do mato.

E um dia, como parecia cada vez mais inevitável, nós duas não voltamos para casa à noite, para nenhuma das casas, a fim de ver como estava passando Jonas, para fazer companhia a Lia, para discutir com eles ou com Cícero a pantomima em vigor no Senado nacional. Em vez disso, pegamos o carro — ela ao volante — e saímos.

Dirigimos até o Recreio, atravessamos Guaratiba, Santa Cruz, Itaguaí, chegamos à Rio-Santos. E quando ficamos cansadas procuramos um hotel onde passar a noite.

E passamos a noite juntas.

E não foi esse o problema, como sabemos. O problema veio depois.

Dia seguinte, de manhã muito cedo, ela e eu paramos na praia da Reserva, naquele recanto protegido da cidade, ainda querendo manter, acho, o mundo um pouco apartado antes de voltar para junto da família. Talvez por não saber muito bem como seria o mundo dali por diante.

Na verdade, eu sabia: aquela noite também não era para ter consequências. Repito: não, eu não ia me apaixonar, como não me apaixonei. Mas é claro que trazer de volta as coisas ao seu suposto normal ia requerer algum esforço para vencer a arrebentação da estranheza inicial.

Entrar em casa, olhar para Lia, pensar: você sempre desaprovou, ao longo de todos esses largos anos, a ideia de eu viver com o seu filho, não é verdade? Sempre houve um subtexto de desaprovação. Pois imagine só, imagine se você soubesse que acabo de passar a noite num hotel na Rio-Santos com a sua filha. O escândalo. E que o corpo dela me pareceu tão familiar, era como estar fazendo amor com a versão feminina do André. Onde ele tem o músculo mais pronunciado, ela tem uma maciez da pele, a gordura pouca, o músculo em menor escala por baixo. Mas eu identifico a mesma curva. E quando coloquei o dedo entre as suas clavículas, naquele ponto: era quase como sentir ali o pulso do coração do André.

Será que foi mesmo um escândalo, aquilo, André? Será que eu era, que sou, uma pessoa escandalosa? A culpa, ela nunca serviu de nada, a culpa é um grande embaraço na vida de qualquer um. Mas será? Que eu e ela tínhamos ido longe demais?

Tínhamos. Paramos na praia, tiramos os sapatos. A areia estava fria sob os nossos pés. Estávamos agasalhadas às temperaturas mais baixas. Mas havia uma promessa de sol, um céu cobalto puro que ia clareando devagar.

Sentamos na areia. O mar um pouco batido. Os olhos parados no horizonte.

Dentro de dois dias eu entraria num avião e voaria de volta para casa, para a nossa casa, ou pelo menos para aquilo que estávamos por ora chamando de casa. Naquele momento, ali na Reserva com Isabel, senti uma vontade enorme de voltar para você — de voltar para nós.

Pensei em você, lembrei daquela primeira tarde em Foxton. Um sol que já não há, se pondo sobre um horizonte que não existe, as suas palavras.

Uma vez o André fez um comentário, eu disse a Isabel. Na primeira vez que estivemos na praia das nossas aves migratórias, na Nova Zelândia.

Isabel não olhou para mim, não disse nada.

O sol estava se pondo, eu disse. Era um espetáculo, e havia algumas pessoas espalhadas aqui, ali, um ou outro casal com um cachorro, uma ou outra família. Todo mundo longe, não dava para ouvir suas vozes. Gente de menos, diríamos, como cariocas. A maior parte da população da Nova Zelândia, não sei se você sabe, vive nas cidades. O resto do país é assim, rarefeito, como estávamos começando a descobrir aquele dia. Havia todo aquele espaço entre nós. E o ruído do vento. André comentou: um sol que já não há, se pondo sobre um horizonte que não existe. E a gente ali contemplando embasbacados uma memória, um fenômeno ótico, uma linha imaginária desenhada pela curvatura da terra.

Não faz muita diferença, faz?, Isabel disse. Se é uma linha imaginária e um fenômeno ótico ou alguma coisa que existe de verdade, por assim dizer. O que diabos existe de verdade, pensando bem.

Sei que não faz diferença. André também sabe, eu suponho. Claro que ele sabe. Mas ele sempre teve esse prazer em dar às coisas os seus devidos nomes e em me puxar para uma espécie de experiência sem enfeites. É assim que eu penso: sem enfeites. E isso é importante, me parece. É importante ter essa noção das coisas no osso. Uma vez eu comparei três montanhas, vulcões extintos, a três budas, e ele riu de mim. São só vulcões, e não precisam ser mais do que isso, foi mais ou menos o que ele disse. Nós é que temos a mania de buscar um sentido para tudo. Pensar em montanhas como budas meditativos contemplando o tempo.

Não sei qual o problema em pensar em montanhas como budas medidativos contemplando o tempo.

Perto de Isabel e de mim havia ainda pouca gente na areia. Embora nada evocasse Foxton, na bainha do mar da Tasmânia. Surfistas estavam chegando para enfrentar o mar batido. Alguns faziam o sinal da cruz antes de entrar. Era uma sexta-feira. Logo o trânsito começaria a dar nó, as pessoas começando a sua travessia diária da cidade.

Levantamos, chegamos mais perto da água, menos fria do que eu imaginava. Arregacei a barra da calça. Era bom sentir a água nos pés. A beirada das ondas foi aos poucos enterrando os nossos pés na areia. As ondas da sua mãe Iemanjá — ela por todas as partes, André, em todos os tempos da nossa vida. As águas. Como vim a aprender com o tempo: Oxum, a doce senhora das lágrimas, dona das águas dos rios, das cachoeiras. Naná, a senhora das águas paradas, dos pântanos e das chuvas. Iansã, a força das tempestades. Iemanjá, a mãe protetora, a senhora dos mares. Mar devia ser uma palavra feminina também, você não acha? As mares. As mães.

Você sabia que os piratas enterravam os prisioneiros até o pescoço na areia da praia?, eu disse. Depois, quando a maré subia, eles morriam afogados.

Eu não sabia, Isabel disse.

Não sei se isso é verdade.

Não importa, Isabel disse. É como a história do sol e do horizonte, não? Como a história das suas montanhas-budas.

Ela estendeu o braço, acariciou o meu cabelo, ficamos em silêncio. Alguma coisa naquele gesto, no fato de aquele gesto ter acontecido naquele exato momento, me trouxe um desconforto considerável. Não sabia exatamente o que era, agora sei.

Vanessa, ela disse. Tem algo que eu queria te dizer.

Olhei para ela.

Tenho pensado, esses dias, ela disse. Se nós duas deveríamos ter essa conversa ou não. Mas depois da noite passada cheguei à conclusão de que sim.

Eu esperava, calada. Nem sabia, André, que estava esperando pelos breves minutos que iam alterar tudo para nós, o bicho nos calcanhares que finalmente nos alcançava e cravava os dentes, depois de termos sido por tanto tempo bem-sucedidos em nos esquivar dele.

Aquele domingo na piscina do clube, Isabel disse. O dia da morte do Mauro. Você e André já conversaram muito sobre aquele dia, eu imagino. Tantos anos que vocês tiveram para fazer isso.

Acho que ele e eu conversamos o que havia para conversar, eu disse. Todas as vezes é mais ou menos como repetir a mesma cena, você talvez possa imaginar. Como se tivéssemos uma filmadora nas mãos e filmássemos a mesma coisa de diversos ângulos, sempre a mesma coisa. No início não falávamos muito, talvez houvesse certo medo. Da cicatriz, eu suponho. De tocar a cicatriz. Depois tivemos algumas conversas, não muitas. Nem sei quanto poderia haver para falar, Isabel. Para dizer a verdade.

O que eu quero dizer é se vocês falaram sobre o que aconteceu, exatamente. Eu suponho que você saiba o que aconteceu.

Claro que eu sei o que aconteceu. Todos nós sabemos o que aconteceu.

Eu estava de roupa, vestida dos pés até o pescoço, você se lembra? Nós duas comentamos isso em algum momento, mais tarde, não comentamos?

Sim. Você me disse que sentia vergonha do corpo.

Estava menstruada. Era o meu segundo ou terceiro mês. Absorvente interno era inimaginável, você se lembra disso.

Tínhamos medo de perder a virgindade para um absorvente interno.

Imagine. E é verdade, eu sentia uma enorme vergonha do meu corpo, sim.

Você me contou, depois. A memória do Boi Babento, aquela maldita peça de teatro.

Nem era só isso. Pobre Boi Babento. Eu me sentia tão esquisita, ela disse. Sentia que tinha um corpo disforme e que não tinha direito à piscina, não tinha direito de botar meu corpo num biquíni ou num maiô e participar das brincadeiras de vocês. Aquele espaço não era para mim, aquela piscina e aquele domingo de sol não eram para mim. Estava sentada ali pensando que não devia ter ido. André estava se divertindo, mas ele podia ter ido se divertir noutra parte.

Nós éramos todos disformes e esquisitos àquela idade, Isabel. Mas não importa. Mesmo que fôssemos deuses do Olimpo.

Você era linda, Vanessa. Você era a menina mais linda que havia na escola, e eu queria ser igualzinha a você.

Eu não era linda, eu nunca fui linda, Isabel. Muito menos a mais linda, imagine. Mas mesmo que fosse.

Ela deu de ombros.

Eu sei, isso não vem ao caso, ela disse.

O que você queria me dizer?

Aquele dia. Eu estava sentada na borda da piscina, olhando para vocês. Vi você se aproximando de mim, você, tão linda. Veio puxar assunto comigo. Eu de roupa, você com uma camiseta por cima do biquíni, o cabelo despenteado, aquelas pernas esguias suas.

Minhas pernas compridas de jumento.

Você era uma aparição, Vanessa. Eu estava tão feliz porque você vinha puxar assunto comigo. Vi, atrás de você, alguns meninos correndo ao redor da piscina.

Ela fez uma pausa.

Você sabe, não sabe?, perguntou. André te contou, não contou?

O quê?

Mauro estava correndo pela borda da piscina. Não sei se ia mergulhar. Houve um momento em que ele parou, ofegante, eu me lembro bem, aqueles braços magrelos, uma sunga vermelha. Ele usava uma sunga vermelha. Não sei se ia mergulhar. Só estava parado ali na borda, ofegante.

Bem. Ele acabou mergulhando, como sabemos.

Foi André quem veio e empurrou o Mauro dentro da piscina. André veio por trás e empurrou. Ele te contou isso, não contou?

10

No aparelho de som, David Bowie sugeriu, um dia, no nosso passado, que atravessássemos a multidão em busca de um espaço vazio. Há coisas que eu não preciso saber. Há multidões que eu não preciso compartilhar.

Voltei à nossa casa na rua Te Awe Awe após aquele longuíssimo voo, do Rio a Buenos Aires, de Buenos Aires a Auckland, de Auckland a Palmerston North. Tanto tempo que a alma teria de recuperar. E o trecho mais longo de todo o trajeto foi o de carro do pequenino aeroporto de Palmy até a nossa casa. Dez minutos, se tanto. Você ao volante e eu mordendo os lábios por dentro até tirar sangue.
 Era um dia da chuva forte. O rio estava gordo. O Manawatū, belo e triste, a poluição invisível, inchado feito um bicho que estivesse engolindo a presa. Você foi até a janela. Apesar da chuva e do frio, forçou a tranca meio emperrada, abriu a vidraça. As águas de Iansã despencando do céu. O céu despencando, sei lá. Isabel tinha me contado, em algum momento, que para os ianomâmis era isso o que aconteceria quando os xamãs todos morressem. Não haveria mais ninguém capaz de sustentar o céu.
 Você abriu a vidraça e olhou lá para fora.
 Vanessa, eu não sei o que dizer. Eu não sei o que dizer. Acho que preciso pedir desculpas por esse longo silêncio, por esse silêncio de décadas, que acabou trazendo a tristeza para dentro da nossa casa. Mas não sei como fazer isso. E pedir desculpas me parece pouco. O que quer que eu possa dizer me parece pouco.
 Inverno rigoroso. Semana de enchentes históricas, ventos de cento e cinquenta quilômetros por hora, cabos elétricos estalando e se rompendo, árvores destroçadas, rodovias fechadas.

Você comentou com o seu pai? Contou a ele?

Sua voz estava tão baixa, André, que mal consegui ouvir a pergunta.

Não dava para ver o rio da nossa casa, embora sentíssemos a sua presença, sua umidade doce, às vezes o seu cheiro. Mas nesse dia da grande enchente ele tinha virado bicho, estava com pressa e com raiva, não cabia no próprio leito e vinha entornando por cima das margens.

Eu não ia contar nada, eu disse. Não ia contar nada ao meu pai.

Mas contou.

Acabei contando.

Você passou o dedo pelo vidro da janela, traçando qualquer coisa que eu não podia ver.

O que deu em Isabel para ressuscitar essa história?, você perguntou, a voz baixa, num murmúrio, tão baixa que quase não ouvi.

O que deu em você para omitir essa história durante todo esse tempo?

Minha voz era baixa também, mas sei que era grave, que era séria, que era um dedo em riste.

O que você acha? O que você acha que deu em mim, Vanessa?

Faz pouco mais de dois anos que tivemos que enfrentar aquela nevasca. Voltávamos de Hamilton, eram umas cinco horas de estrada até chegar em casa. Pela rodovia 1 até a Desert Road mais ao sul. A meteorologia previa problemas, era um mês de junho de temperaturas particularmente baixas.

Não deu outra. A neve começou a cair, apertou, a gente no nosso carrinho que não tinha músculo para encarar nevasca pesada. Linda a estrada do deserto branqueando-se depressa, o céu em sua silenciosa convulsão, mas tivemos de dar meia-volta e tomar uma estrada alternativa na direção oeste, com a intenção de fazer um desvio depois em Whanganui.

Em meio à floresta, a caminho de Whanganui, as coisas não pareciam estar muito melhores. Íamos a vinte quilômetros por hora, noite escura, os faróis só iluminavam uma confusão de neve que eu nem sabia de onde vinha, parecia vir dos lados e de baixo, de toda parte. Você estava no volante e nós nem falávamos. Escutávamos os pneus mastigando a neve que se acumulava na pista. O olho tentava ver mais do que era possível e não havia sulcos de pneus de outros carros na estrada para nos orientar, só um tapete branco traiçoeiramente imaculado. Derrapamos algumas vezes e numa delas você quase perdeu o controle da direção.

Nem sei quanto tempo demoramos, quanto tempo ficamos rolando devagar pela estrada e sabendo que não dava mais para voltar, ainda que seguir em frente parecesse mortalmente arriscado.

Se aparecer um hotel, a gente para, eu disse.

Não apareceu nenhum hotel. Era só a floresta ao nosso redor.

Não sei muito bem em que momento saímos da tempestade, ou se foi ela quem nos deixou e foi nevar mais para o norte, mas na minha memória a impressão é de que foi de repente. Não deve ter sido. Só sei que em determinado momento não havia mais neve, e me dei conta de que estava com os músculos do pescoço, das costas e dos braços completamente retesados.

Foi quase por acaso que pouco tempo depois botei a cabeça de lado e olhei para o céu.

André, eu disse. Para o carro, por favor.

O que foi que houve?

Não houve nada. Só para o carro no acostamento, por favor.

Você parou.

Desliga o farol, André, e vem aqui fora, eu disse, pegando meu casaco no banco de trás e abrindo a porta do carro.

Tenho a impressão de que nunca antes daquela noite tinha visto um céu estrelado, André. Nem mesmo no interior do Brasil, naqueles cantos remotos longe dos grandes centros urbanos, protegidos das suas luzes. A galáxia era uma trilha brilhante atravessando o céu preto, tudo escuro em toda parte, e aquele sem-fim de pontos luminosos lá em cima.

Via Láctea. Te Ikaroa. Era como mergulhar no céu, infinito e atemporal. Como se ele fosse líquido também e a gente estivesse simplesmente submergindo.

Ficamos parados, pasmos, um de cada lado do carro. Eu me dei conta de que ainda me apoiava na porta, quase como se tivesse medo da vertigem. Quase como se tivesse medo de efetivamente cair dentro do céu.

Comum, aquele Dia de Todos os Santos, André. Um domingo, mais um domingo de quase verão. O sol, no dia do sol, tostando o Rio de Janeiro, como estava habituado a tostar. Mas à noite você pediu para dormir de luz acesa.
Isabel.
O quê.
(Silêncio.)
Nada.
Fala, André.
Nada, não.
Isabel, você queria dizer, Isabel. Foi minha culpa, fui eu?, foi minha culpa? E Isabel diria que não, que não tinha sido, claro que não, culpa sua, vocês só estavam brincando, e crianças às vezes fazem isso, crianças às vezes quando estão brincando à beira da piscina empurram umas às outras dentro d'água, a culpa não foi de ninguém, André.
Palavras. Um punhado delas poderia ter sido suficiente.
E você queria perguntar Isabel, Isabel, você acha que outras pessoas viram? Que eu empurrei ele? E Isabel diria não, André, só eu vi, não se preocupe mais com isso, só eu vi, e vocês só estavam brincando, e não foi culpa sua, nada disso foi culpa sua. Não se preocupe mais.

Acabei contando ao meu pai. Acabei falando com o pobre Jonas sobre a bomba que Isabel acabava de jogar em cima da nossa modesta e ingênua tribo, e agora o que faríamos, para onde iríamos? Onde, em que praia meridional, em que tundra siberiana o refúgio?
Cheguei na casa de Jonas e Lia desatinada depois daquela conversa com Isabel. Estava me sentindo doente, tinha vontade de vomitar, dor de cabeça, não sabia o que pensar nem o que dizer nem o que deixar de dizer. Tudo me parecia tão frágil. A vida inteira me parecia frágil, uma estrutura de nada mantida coesa por uns fiapinhos esgarçados.

Você gostaria de vir comigo?, Isabel perguntou, ao me deixar na portaria.

Ir com você? Ir com você para onde?

Não importa, ela disse. Vir comigo. Há tantos lugares, tantas coisas que nós duas poderíamos fazer juntas. Eu gostaria muito que você viesse comigo.

E eu olhei para ela. Para os seus olhos escuros e bonitos. Havia amor naqueles olhos, sim, André. Mas como era estranho, aquele amor. O cabelo solto tinha uma veia prateada. Isabel, Isabel.

Não respondi, não disse nada. Não sei para onde ela foi depois daquele dia. Aquela manhã foi a última vez que vi Isabel e espero que a vida nunca mais venha a colocá-la no meu caminho. Espero que ela esteja sempre na bifurcação pela qual não vou optar.

Fechei a porta do carro com cuidado e com as mãos trêmulas. A nuvem foi se alastrando, um pedaço do céu e mais outro e mais outro. Uma nuvem contagiosa. Um cinzento, uma opressão. Uma violência, André.

Nós precisamos de um código, Vanessa, você me disse, certa vez. Uma senha, algo assim.

Estávamos deitados, nus, era de manhã cedo. Alguma das nossas camas, algum dos lugares onde moramos, no Brasil ainda. Sei que fazia calor porque a janela estava aberta e o ruído de fora entrava junto com o dia, entrava no nosso quarto de maneira gentil, era um ruído gentil. Que entrava e se misturava ao ruído do nosso ventilador. De vez em quando o motor da geladeira.

Precisamos de um código que signifique não, você disse.

Olhei para você. Passei a mão por aquela parte do seu braço onde eu gostava de passar a mão, o sulco entre um músculo e outro. Coloquei o dedo naquela parte do seu pescoço onde eu gostava de colocar o dedo, bem entre as clavículas. O pulso que dava para sentir ali.

Entendi de imediato a sua proposta.

Nós dois gostávamos de dizer não. Era um dos nossos jogos. Não quero. Não abra as minhas pernas. Não me beije. Não me toque assim.

Não roce o braço no bico do meu peito em plena fila de supermercado. Não meta a mão dentro da minha calça aqui, tá maluca?

E o não, nesses momentos, significava sim, o não era o implorar que sim. O prazer do jogo.

Como naquela noite em que você abriu as cortinas da janela do hotel, lembra?, em Maceió, aonde tínhamos ido para um congresso. E houve uma discussão por algum motivo torpe — foram tantas vezes torpes, os motivos. Algum ciúme que um de nós dois sentiu, embora desde sempre tenhamos evitado o ciúme como uma curva perigosa da estrada, embora desde sempre tenhamos sabido que as outras pessoas que de vez em quando passavam pela nossa vida nunca foram ameaça. Temíamos a hipocrisia que víamos em toda parte, não queríamos aquela hipocrisia para nós de jeito nenhum. Mas de vez em quando vinha um ciúme, de vez em quando alguma coisa — algum motivo torpe — nos metia numa discussão, numa briga, colocava palavras desordenadas na nossa boca. E depois tínhamos que consertar o estrago, mas sempre consertávamos o estrago. Cerâmica japonesa, laca e pó de ouro.

Estávamos meio bêbados e aborrecidos um com o outro, essa noite em Maceió. Então você abriu as cortinas da janela do hotel, que dava para várias janelas de um hotel vizinho.

Acendeu as luzes. Todas as luzes. E tirou a minha roupa devagar enquanto eu dizia pare com isso, mas não fazia nada para impedir. E se despiu também e abriu as minhas pernas, e meteu a cara entre as minhas pernas.

E eu dizia pare com isso, feche a cortina, até que parei de dizer. Vi que alguém nos observava, numa janela do outro hotel. Puxei você pelos braços, você veio, se deitou de costas na cama. Sentei em cima de você, de costas para a janela, e dei uma rápida olhada por cima do ombro, enquanto te encaixava dentro de mim com a mão.

Entendi que você propunha que guardássemos o não para nós, que o reivindicássemos como portador de outros sentidos e cunhássemos ou escolhêssemos uma palavra inócua para decretar um limite, quando esse limite fosse necessário. Podia ser qualquer uma. Café. Jacarandá. Mosca-varejeira. Qualquer palavra que não integrasse o léxico do nosso sexo.

Quanto mais despropositada a palavra, melhor, propus. Assim fica bastante óbvio.

Você passava a língua no canto da minha boca fechada. De leve, como sabia, como sabíamos. Não, André. Não quero. Estou ocupada, me deixa em paz. E naquele momento significava que sim. Significava que sim, André. Venha, quero que você me atrapalhe, que você improvise, por favor.

Entendo que você tenha ido embora. Entendo. Num primeiro momento, eu queria que fosse, mesmo. Disse isso com todas as letras e mais algumas. No dia da chuva forte, do rio gordo, do rio Manawatū, belo e triste, inchado feito um bicho que estivesse engolindo a presa.

Queria que você sumisse da minha vida, da minha casa — tudo de repente tinha deixado de ser nosso. Agora, os pronomes possessivos, aqueles que antes indicavam afeto e dedicação (as nossas aves, o nosso rio), agora existiam só para excluir. Primeira pessoa do singular.

Queria que você me desse uma explicação convincente para o fato de nunca ter me contado, em tantos longos anos juntos, que tinha empurrado o meu irmão dentro da piscina do clube (de quem eram aquelas águas cloradas? De que orixá entornavam?) naquele dia de novembro, e que por causa disso ele tinha morrido. E que por causa disso ele tinha morrido. E que por sua causa, por sua causa.

Apontei o dedo e fiz as minhas acusações. Você e Isabel, bem irmãos um do outro. Compartilhando um segredo por décadas, e um dia ela resolve que está no momento de me contar. Um dia ela resolve, simplesmente porque sim.

É que ela ainda é louca por você.

Casa sem luz, tarde caindo. Tínhamos uma vela em algum lugar. Coloquei a cara na janela, ao seu lado, o barulho da chuva se sobrepondo a todo o resto. Em poucos minutos o meu rosto estava molhado. Afastei o cabelo da testa, respirei fundo, olhei para você. Estávamos lado a lado e já estávamos distantes.

No dia seguinte, a natureza restabelecendo sua ordem, fui trabalhar sozinha. Tudo ainda pesando tanto. A realidade de repente hostil, estrangeira. As marcas da enchente por toda parte.

Quando voltei para casa, você tinha ido embora. Não havia uma carta, um sinal, uma mensagem — por exemplo, um bolo de banana recém-assado indicando a possibilidade de um armistício. As suas roupas não estavam mais no armário, uma das nossas malas não estava mais no armário. Alguns dos seus livros, poucos, não estavam mais na estante. Você tomou o cuidado de não levar aqueles de que eu poderia precisar. As suas roupas não estavam mais no armário, mas o cheiro delas sim. O cheiro delas continua pendurado nos cabides, continua dobrado dentro das gavetas.

Você atendia ao meu pedido. Eu tinha dito que não mais, que não podia mais, que não queria mais. E você tinha entendido que aquele *não* significava *não* de fato. As brincadeiras de fundo erótico subitamente extintas entre nós. Você atendia ao meu pedido, mas eu não tinha imaginado que fosse fazer isso com tanta prontidão. Desanuviado o céu, finda a chuva, você levantou voo como uma das nossas aves e foi embora. E isso foi tudo.

Será que você está estudando outras aves migratórias em outro canto do mundo neste momento, André? Às vezes fantasio que voltou ao Brasil e que está estudando as andorinhas. Essas caçadoras do ar, devoradoras de insetos em pleno voo, donde o formato do corpo, das asas pontiagudas. Digamos que você esteja metido com a andorinha-de-sobre-branco, *Tachycineta leucorrhoa*. É o que imagino, às vezes. Entre julho e setembro, ela aparece no Rio. Talvez procure muros de pedras onde fazer ninho.

Não sei se é verdade, mas como você bem sabe sempre gostei de atribuir a nossa vida de biólogos àquela cena, meu pai sacudindo o chinelo pela rua enquanto os meninos que queriam pôr fogo nos ninhos das andorinhas correm em disparada. Meu pai deu uma topada com o pé descalço, voltou para casa mancando e sangrando.

Pode ser também que você não esteja mais se dedicando às aves. As borboletas-monarcas, lembro que você achava fascinante o processo migratório delas, quando ainda éramos estudantes. A jornada completa é mais longa do que o tempo de vida da borboleta — e, portanto, empreendida por quatro ou cinco gerações.

As borboletas que voam para o norte, até o Canadá, têm um ciclo de vida de cinco a sete semanas, você me disse, certa vez. Mas as que voltam ao México, quando começa o outono, podem chegar a oito meses de vida. São uma geração especial. Usam as correntes de ar para ajudar no voo. O que, diz aqui no livro, é um feito e tanto para um inseto tão delicado.

Então, André, quem sabe você está agora no santuário das borboletas-monarcas em Michoacán. Será? Será que eu te adivinho no México nesses meus exercícios tão aleatórios de imaginação?

Ontem conversei com meu pai por telefone, longamente. Ele já não tem mais idade para essas coisas. Para sair de casa, o coração requerendo cuidados (sabemos o que os médicos queriam dizer quando usaram a expressão novo em folha), e ir ruminar a vida por semanas a fio num quarto de hotel. Ir ruminar a vida dele com Lia, a esta altura do campeonato, porque se revelou que o filho dela (você) foi de certo modo responsável pela morte do filho dele, e que até aqui vínhamos encenando décadas de alegre ignorância.

É que ele também não sabe o que fazer. Isabel guardou por todos esses anos um segredo que era a senha da nossa infelicidade, a senha da derrocada de tudo o que a gente construiu com vigor ao longo das décadas, ao longo das quase quatro décadas passadas desde a morte do Mauro. Apesar da morte do Mauro. As coisas em que nos empenhamos na esteira daquele luto maciço, a necessidade de continuar acreditando em aves e óperas.

Mas agora, André, no que é que acreditamos? Parece que tudo se esfacelou de tal maneira que já não sabemos mais exatamente o que fazer de nós. Caímos numa solidão tão funda, acho, que fico me perguntando se voltaremos a abrir espaço para outra coisa na nossa vida que não seja esta solidão.

Mas pode ser que tudo isso, André, toda essa embriaguez ao nosso redor, a insensatez do mundo, das guerras que dão lucro, do descarte e da carestia coexistentes, do extermínio de populações inteiras, da extinção de tantas espécies, da miséria tamanha do nosso espírito, pode ser que tudo isso seja só o que acontece, o que acontece porque acontece, a história, entre tantas possíveis. Entre tantas que poderíamos ter contado, estar contando, em lugar desta.

É fato que poderíamos estar contando uma história infinitamente melhor, André. As instituições democráticas em falência no nosso país, a tragédia que foi este ano de 2016, que parece nunca terminar. Os dias caindo para dentro de si mesmos, é tão estranho. O cara que os estadunidenses acabam de botar no poder, qual será a caixa de Pandora que vai se abrir com isso? Claro, nós e os da nossa geração, que nascemos e crescemos no Brasil debaixo de uma ditadura militar (e ela se encerrou ainda por cima deixando o país no pântano), nós que vimos tantas conquistas durante a última década e meia, apesar dos desacertos, acho que não andaríamos para trás na história, André. Porque não dá para desaprender o que a gente já aprendeu, não é mesmo? Seria fazer como essas crianças que para brincar de pique-esconde tapam os próprios olhos. Escuto umas pessoas com desejos de extrema direita no Brasil, manifestando saudade dos militares, querendo algum pai autoritário, sei lá eu, mas essa deve ser só uma esquizofrenia pontual. Não vai colar. A gente conhece a história bem e sabe que ela não vai andar para trás. Mas que dá um certo medo, dá.

Eu queria estar com você neste momento. Queria conversar sobre tudo isso, debruçada sobre a esquina da mesa com manchas verdes de tinta. Queria comemorar o Nobel do Bob Dylan. Quando li a notícia mês passado, pensei em você e não tive como fazer nada além disso, não tive como fazer mais do que pensar em você e botar "Ballad of a Thin Man" para tocar (alguma coisa está acontecendo, mas você não sabe o que é, diz a letra).

Pois é, bem poderíamos estar contando outra história. Mas talvez, seguindo a mesma lógica, a nossa pequena trama familiar, as décadas à sombra daquele sol domingueiro, os caminhos de uns terem ido se cruzando aos caminhos dos outros, talvez tudo isso seja só o que acontece também. Esta trama, entre outras, infinitas outras. E contamos o que deu para contar.

E no entanto o que dói, dói na gente. O cachorro no experimento da Universidade Harvard sabe a dor que lhe causam os choques elétricos. O cientista que administra os choques, não.

E eu nem mencionei a você, André, a minha noite com Isabel, no hotel da Rio-Santos. Veja só. E eu estava ali, no dia da grande enchente do Manawatū, condenando os seus silêncios e as suas omissões, enquanto o rio esbravejava lá fora, enquanto o temporal queria ser mais valente do que nós.

Que contradição a minha, não? Eu também te devo um pedido de desculpas — como não? Um sério pedido de desculpas. Houve outras pessoas na nossa vida, eu sei. Mas Isabel não era uma outra pessoa.

De todo modo, colocando as coisas de lado como se isso fosse possível, a pergunta que eu quero fazer é uma só: por onde você anda, André?

Eu disse que não, que não podia mais, que não queria mais. Você na minha vida. Você me ouviu? Eu disse *não*, essa foi a palavra. Você poderia ter ouvido de outra forma? Eu não disse café nem jacarandá nem mosca-varejeira. Será que você poderia voltar a esse não e entendê-lo como outra coisa, entendê-lo como mais um rio que é preciso atravessar em busca de uma casa, mais um oceano que é necessário sobrevoar em busca de um verão?

Não sei por onde você anda e já não tenho o que dizer e não sei o que devo dizer nem como dizer o que quer que deva ser dito.

Na mitologia maōri, Haunui foi costeando a ilha Norte até chegar à ampla foz de um rio que temia não ter como cruzar. *Ka tū taku manawa*, ele disse: meu coração para. O presente imediato, tudo o que existe. Tempo e ser englobados nele, disseram os sábios japoneses que andamos lendo aquela época.

Travessia. No fim das contas. De um rio que se coloca entre mim e o meu futuro. Entre mim e o meu presente, o outro presente que eu deveria estar vivendo em lugar desta deriva. Onde, em que mundo, fica o mundo que me acolhe? Tenho dois anos e o rio me assusta. Alguém me carrega no colo, passam-me de um braço a outro, somos muitos querendo atravessar o rio para chegar ao outro país. As águas são frias e me assustam e é por isso que eu choro. Tenho vinte anos e músculos que serão fortes o suficiente e é por isso que eu não choro. O suficiente. Tenho duas asas e fôlego para sobrevoar um oceano durante nove dias, sem parar para descansar ou comer. Tenho quarenta, cinquenta, sessenta anos e o meu tempo já não me pertence, os meus se espalharam por outros credos, por outras margens, os meus vivem uma lógica que me exaspera. Os vizinhos se tornaram conservadores e agressivos e às vezes me parece que foi da noite para o dia, embora eu saiba que não foi. Empunham armas endossadas pela lei. Matam-se, comem-se. Uma vez vi uma foto de um cachorro comendo as entranhas de outro cachorro morto na cidade de Varanasi, na Índia, à beira do rio Ganges. Uma vez vi uma foto de um cachorro abandonado em Chernobyl. Os cachorros tentavam subir nos ônibus que partiam dos povoados nos arredores da planta nuclear. Os soldados nos empurravam para fora, nos expulsavam aos chutes. Aos tiros. Mas eu era um cachorro dócil, eu era um cachorro dócil, e os invernos ucranianos são tão frios. E os dias em Varanasi tão quentes. E o oceano Pacífico é tão comprido. E as águas deste rio são tão frias, disseram que a fronteira com a Macedônia ficava quinhentos metros depois do rio. Disseram que não era para entrar na piscina depois de comer, mas os adultos mentem. Inventam histórias. Papai Noel. Bicho-papão. Quando chegamos à outra margem do rio, a polícia da Macedônia nos mandou de volta à Grécia em caminhões. Uma vez tentei pular um muro. Uma vez esbocei um sorriso, mas a pessoa do outro lado do vidro não chegou a olhar para mim. Eu estava grávida quando me afoguei na travessia. Eu tinha nove anos quando me afoguei na piscina de um clube, mas os adultos mentem. Eu tinha seis meses quando morri tentando subir no ônibus — os invernos ucranianos são tão frios, eu não sabia que o meu pelo estava empapado de radiação. Não sei quantos anos eu tinha quando meu filho. Quando meu pai. Atravessamos o rio, as águas puxavam como se quisessem testar a nossa vontade, a nossa força, a nossa determinação, as águas que dividiam o mundo entre promessa e desespero. Não podemos mais voltar. Não podemos mais ficar. Não temos para onde voltar nem onde ficar. Casa? Nossas ruas estão coalhadas de cadáveres, nosso pelo está contaminado pela radiação, nossos vizinhos se matam quando não estão on-line comprando o novo objeto de que não precisam para substituir o velho objeto de que nunca precisaram. Sofremos com o embargo. Queremos o sossego de uma tarde comendo biscoitos doces e tomando cerveja, a boca banguela da baía de Guanabara aos nossos pés. Queremos aterrar numa praia que nos acolha, após voos tão longos, após dias tão incertos, queremos não comer as entranhas dos nossos. Porque o gosto é ruim. Queremos uma existência comum. Um tempo comum. O anonimato, a modéstia. Não o grito de guerra, não o sorriso falso, não o êxodo virtual, queremos um braço, um abraço, a mão que se dá na travessia do rio. Queremos, sim, o pote de cerâmica consertado com laca e pó de ouro. Essas lindas cicatrizes que brilham para atestar não a morte, mas a vida, a vida.

Acordei atravessada na cama hoje, André. Meus pés estavam pendurados do lado que era o seu antes que fosse embora.
Você vai voltar para casa? Eu queria que você voltasse, André. Eu queria que você voltasse. Não sei por onde anda e já não tenho o que dizer nem como dizer o que quer que deva ser dito.
Acordei com aquele ponto de Iemanjá na cabeça. Você se lembra? De tanto que tínhamos ouvido aquela senhora miúda na barca, atravessando a baía de Guanabara do Rio até Niterói, às vezes cantávamos.
Pescador pegou o veleiro e foi pescar no reino de Iemanjá. Aquela senhorinha de branco ao nosso lado, tão miúda. Barquinho voltou sozinho, sereia levou pescador para o fundo do mar, ela cantava. Você se lembra?

ESTA OBRA FOI COMPOSTA PELA ABREU'S SYSTEM EM ADOBE GARAMOND
E IMPRESSA EM OFSETE PELA LIS GRÁFICA SOBRE PAPEL PÓLEN BOLD DA
SUZANO S.A. PARA A EDITORA SCHWARCZ EM AGOSTO DE 2019

A marca FSC® é a garantia de que a madeira utilizada na fabricação do papel deste livro provém de florestas que foram gerenciadas de maneira ambientalmente correta, socialmente justa e economicamente viável, além de outras fontes de origem controlada.